老城记

山海之间

老青岛

LAO QINGDAO

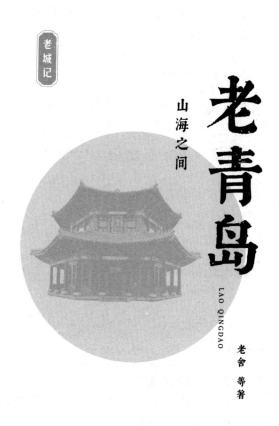

老舍 等著

中国文史出版社
CHINA CULTURAL AND HISTORICAL PRESS

图书在版编目（CIP）数据

老青岛：山海之间 / 老舍等著 . -- 北京：中国文
史出版社，2023.3

（老城记）

ISBN 978-7-5205-3994-4

Ⅰ . ①老… Ⅱ . ①老… Ⅲ . ①散文集—中国—现代②
散文集—中国—当代 Ⅳ . ① I266

中国版本图书馆 CIP 数据核字（2022）第 240332 号

责任编辑：高贝

出版发行：中国文史出版社

社　　址：北京市海淀区西八里庄路 69 号院　邮编：100142

电　　话：010-81136606　81136602　81136603（发行部）

传　　真：010-81136655

印　　装：廊坊市海涛印刷有限公司

经　　销：全国新华书店

开　　本：787mm×1092mm　1/16

印　　张：16.75

字　　数：188 千字

版　　次：2023 年 3 月北京第 1 版

印　　次：2023 年 3 月第 1 次印刷

定　　价：52.80 元

目 录

第四辑　政坛浮光

岛城寻踪

第一辑

五月的青岛

老　舍

　　因为青岛的节气晚，所以樱花照例是在四月下旬才能盛开。樱花一开，青岛的风雾也挡不住草木的生长了。海棠、丁香、桃、梨、苹果、藤萝、杜鹃，都争着开放，墙角路旁也都有了嫩绿的叶儿。五月的岛上，到处花香，一清早便听见卖花声。公园里自然无须说了，小蝴蝶花与桂竹香们都在绿草地上用它们的娇艳的颜色结成十字，或绣成团儿；那短短的绿树篱上也开着一层白花，似绿枝上挂了一层春雪。就是路上两旁的人家也少不得有些花草；围墙既矮，藤萝往往顺着墙把花穗儿悬在院外，散出一街的香气；那双樱、丁香，都能在墙外看到，双樱的明艳与丁香的素丽，真是足以使人眼明神爽。

　　山上有了绿色，嫩绿，所以把松柏比得发黑了一些。谷中不但填满了绿色，而且颇有些野花，有一种似紫荆而色儿略略发蓝的，折来很好插瓶。

　　青岛的人怎么能忘下海呢？不过，说也奇怪，五月的海就仿佛特别的绿，特别的可爱，也许是因为人们心里痛快吧？看一眼路旁的绿叶，再看一眼海，真的，这才明白了什么叫作"春深似海"。绿，鲜绿，浅绿，深绿，黄绿，灰绿，各种的绿色，连接着，交错着，变化着，波动着，一直绿到天边，绿到山脚，绿到渔帆的外边去。风不凉，浪不高，船缓缓地走，燕低低地飞，街上的花香与海上的咸味混到一处，荡漾在空中，水在面前，而绿意无限，可不是，春深似海！欢喜，要狂歌，要跳入水中去，可是只能默默无言，心好像飞到天边上那将将能看到的小岛上去，一闭眼仿佛还看见一些桃花。人面桃花相映红，必定是在那小岛上。

这时候，遇上风与雾便还须穿上棉衣，可是有一天忽然响晴，夹衣就正合适。但无论怎说吧，人们反正都放了心——不会大冷了，不会。妇女们最先知道这个，早早地就穿出利落的新装，而且决定不再脱下去。海岸上，微风吹动少女们的发和衣，何必再去到电影院找那有画意的景儿呢！这里是初春浅夏的合响，风里带着春寒，而花草山水又似初夏，意在春而景如夏，姑娘们总先走一步，迎上前去，跟花们竞争一下，女性的伟大几乎不是颓废诗人所能明白的。

人似乎随着花草都复活了，学生们特别的忙：换制服，开运动会，到崂山丹山旅行，服劳役。本地的学生忙，别处的学生也来参观，几个，几十，几百，打着旗子来了，又排着队走开，男的，女的，先生，学生，都累得满头是汗，而仍不住地向那大海丢眼。学生以外，该数小孩最快活，笨重的衣服脱去，可以到公园跑跑了；一冬天不见猴子了，现在带着花生去喂猴子，看鹿。拾花瓣，在草地上打滚；妈妈说了，过几天还有大樱桃吃呢！

马车都新油饰过，马虽依然清瘦，而车辆体面了许多，好做一夏天的买卖呀。新油过的马车穿过街心，那专做夏天的生意的咖啡馆、酒馆、旅社、饮冰室，也找来油漆匠，扫去灰尘，油饰一新。油漆匠在脚手架上忙，路旁也增多了由各处来的舞女。预备呀，忙碌呀，都红着眼等着那避暑的外国战舰与各处的阔人。多咱浴场上有了人影与小艇，生意便比花草还茂盛呀。到那时候，青岛几乎不属于青岛的人了，谁的钱多谁更威风，汽车的眼是不会看山水的。

那么，且让我们自己尽量地欣赏五月的青岛吧！

青岛巡游

郁达夫

带青带绿的颜色，对于视觉，大约是特别的健全；尤其是深蓝，海天的深蓝，看了使人会莫名其妙地感到一种愉快。可是单调的色彩，只是一色的色彩，广大无边地包在你的左右四周，若一点儿变化也没有，成日成夜地与你相对，日久了当然是也要生厌的；青岛的好处就在这里：第一，就在她的可以使你换一换口味；第二，到了她的怀里，去摸索起来，却也并不单调，所以在暑热的时候，去住一两个月，恰正合适。

无论你南边从上海去，或北边从天津去，若由海道而去青岛，总不过二三十个钟头，可以到了。你在船舱里，只和海和天相对，先当然是觉得愉快，觉得伟大，觉得是飘飘然遗世而独立，羽化而登仙的样子；但一昼夜过后，未免要感到落寞，感到厌倦；正当你内心在感到这些，而嘴里还没叫出来的时候，而白的灯台，红的屋瓦，弯曲的海岸，点点的近岛遥山，就净现上你的视界里来了，这就是青岛。所以从海道去青岛的人对她所得的最初印象，比无论哪一个港市，都要清新些，美丽些。香港没有她的复杂，广州不及她的洁净，上海比她欠清静，烟台比她更渺小，刘公岛我虽则还没有到过，但推想起来，总也不能够和青岛的整齐华美相比并的。以女人来比青岛，她像是一个大家的闺秀；以人种来说青岛，她像是一个在情热之中隐藏着身份的南欧美妇人。

青岛的特色之一，是在她的市区的高低不平，与夫树木的青葱。都市的美观，若一味平直，只以颜色与摩天的高阁来调和，是不能够引人入胜的；而青岛的地面，却尽是一枝枝的小山，到处可以看得见海，到处都是很适宜的住宅区。就是那一条从前叫弗利特利希大街，现在叫中山路的商业通衢，两端走走，也不过两三里路，就到海边了；街的两面，一走上去，就是小山，就是眺望很好的高地。

从前路过青岛，只在船楼上看看她的绿树与红楼，虽觉她很美，但还没有和她亲过吻，抱过腰；今年带了儿女，去住了一个夏天，才觉"东方第一良港""东方第一避暑区"的封号，果然不是徒有其表的虚称。

海水浴场的设备如何，暂且不去管它，第一是四周的那么些个浅滩，恐怕是在东亚，没有一处避暑区赶得上青岛。日本的海岸，当然也有好的，像明石须磨的一带，都是风光明媚的地方，可是小湾没有青岛的多，而岸线又不及青岛的曲。至于日本的北面临日本海的海岸呢，气候虽则凉冷，但风浪太大，避暑洗海水澡总有点不大适宜。

青岛，缺点也是有的：第一，夏天的空气太潮湿，雾露太多，就有点儿使人不舒服。其次则外国的东方舰队，来青岛避暑停泊的数目实在多不过，因而白俄的娼妇，中国盐水妹的来赶夏场买卖的，也混杂热闹到了使人分不出谁是良家女子。喜欢异国颓废的情调的人，或者反而对此会感兴趣，但想去看一点书，做一点事情的人，被这些酒肉气醉人的淫暖之风一吹，总不免要感到头昏脑涨，想呕吐出来。我今年的一个夏天就整整的被这些活春宫冲坏了的；日里上海滨去看看裸体，晚上在露台听听淫辞，结果我就一个字也没有写，一册书也没有读，到了新秋微冷的时候，就匆匆坐了胶济车上北平去了。明年我就打算不再去青岛，而上一个更清静一点的海岸或山上去过夏天。

　　崂山的风景，原也不错；可是一般人所颂赞的大崂观、靛缸湾一带清溪石壁，也只平平，看过江南的清景的人，对此是不会感到特异的美感的；要讲伟大，要耐人寻味，自然是外崂沿海一带，从白云洞、华岩寺到太清宫的一路。我在青岛的时候，曾有一位小姐，向我说过石老人附近，景色的清幽，浮山午山庙周围，梨花的艳异；但因为去的时候不巧，对于这些绝景，都不曾领略，此生不知有没有再去的机会了，我到现在，还在怅念。

　　由青岛去济南的道上，最使我感到兴奋的，是过潍县之后，到青州之先，在朱刘店驿，从车窗里遥望首阳山的十几分钟。伯夷叔齐的古迹，在中国原有好几处，但山东的一角孤山，似乎比较有趣一点，因为地近田横岛，联想起来，也着实富于诗意。洁身自好之士，处到了这一种乱世，谁能保得住不致饿死？我虽不敢仰慕夷齐之清高，也绝没有他们的节操与大志，但是饿死的一点，却是日像一日，尽可以与这两位孤竹国的王子比比了。所以车过首阳之后，走得老远老远，我还探头窗外，在对荒山的一个野庙默表敬意。至于青州的云门山，于陵的长白山、白云山等，只稍稍掉头望了一望，明知道不能去登，也就不觉得是什么了不得的名山胜地了；可是云门的六朝石刻，听说确是货真价实的历史上的宝物。

到济南城后，找着了李守章氏，第二日照例的去游千佛山、大明湖、趵突泉、金线泉、黑虎泉等名胜。自然是以家家流水、户户垂杨的黑虎泉（现在新设了游泳池了）一带，风景最为潇洒。大明湖的倒影千佛山，我倒也看见了，只教在历下亭的后面东北堤旁临水之处，向南一望，千佛山的影子便了了可见，可是湖景并不觉得什么美丽。只有蒲菜、莲蓬的味道，的确还鲜，也无怪乎居民的竞相侵占，要把大明湖改变作大明村了。就在这一天的晚上，我们离开了李清照、辛弃疾的生地而赶上了平浦的通车，原因是映霞还没有到过北平，想在没有被入侵夺去之前，去瞻仰瞻仰这有名的旧日的皇都。

北平的内容，虽则空虚，但外观总还是那么的一个样子。人口增加，新居添筑，东安、西单两市场，人海人山；汽车电车的声音，也日夜的不断。可是，戏院的买卖减了，八大胡同里的房子大半空了，大店家的好货也不大备了，小馆子的顾客大增，而大饭庄的灯火却萧条起来了；到北平之后，并且还听见西山都出了劫案，杀死了人。在故宫里看了几日假古董，北海、中央公园内喝了几次茶，上三贝子花园、颐和园去跑了一跑之后，应水淇之招，我们就一直到了山海关内的北戴河边。刚在青岛看海看厌了的我们，这一回对北戴河自然不能像从前似的用上级形容词来赞美了。不过有两件事情，我总觉得北戴河要比青岛好些。第一，是汽车声音的绝无，第二，是避暑客人的高尚。不过话也要说回来，在鹿囿上面的那一家菜馆里吃饭的时候，白俄女人做买卖的也未始不曾看见，但数目少了，反而以为万绿丛中一点红，这一块肉，倒是少她不得的。

北戴河的骡子，实在是一种比黄包车汽车轿子更有诗意的乘物。我们到了车站，故意想难难没有骑过骡儿的映霞，大家就不坐车而骑骡；但等到了张家大楼，她的骑骡术已经谙熟了，以后直到离开北戴河为止，她就老爱在骡背上跨着，不肯下来。

北戴河的气候，当然要比青岛的好；但人工的设备，地面的狭小，却比青岛差得很远。东山区域，住宅太多，卫生状况也因而不好。我以为西面联峰山下，一直到海滨的一段，将来必定要兴盛起来。但自第五桥，沿海上南天门去的一路，风景也真好不过。

尤其是南天门金山嘴的一角，东望秦皇岛山海关，南临渤海，北去鸽子窝也不过两三里地的路程；北戴河的海山景色，当以此地为中心，而别庄不多，那娘娘庙的建筑，也坍败得不堪，我真觉得奇怪。还有那个三皇殿哩，再过两年，怕庙址都要没处去寻了，我不懂北戴河的公益所，何以不去修理修理，使成一避暑的游息之所。

这一次在北戴河住得不久，所以像汤泉山、背牛顶的胜水岩等处，都没有去成。但在回来的路上，到了滦口，看看阳山、碣石山等不断的青峰，与夫滦河蜿蜒的姿势，就觉得山水秀丽，不仅是江南的特产了，在关以内和关以外，何尝没有明媚的山川？但大好的山河，现在都拱手让人拿去筑路开矿，来打我们中国了，教我们小百姓又有什么法子去拼命呢？古人有"马后桃花马前雪，出关争得不回头"的诗句，希望衮衮诸公，不要误信诗人，把这些好地方都看作了雪地冰天，丢在脑后才好！

青岛

闻一多

海船快到胶州湾时，远远望见一点青，在万顷的巨涛中浮沉；在右边，崂山无数柱奇挺的怪峰，会使你忽然想起多少神仙故事。进湾，先看见小青岛，就是先前沉浮在巨浪中的青点，离它几里远就是山东半岛最东的半岛——青岛。簇新的、整齐的楼屋，一座一座立在小小山坡上，笔直的柏油路伸展在两行梧桐树的中间，起伏在山冈上如一条蛇。谁信这个现成的海市蜃楼，一百年前还是个荒岛？

当春天，街市上和山野间密集的树叶，遮蔽着岛上所有的住屋，向着大海碧绿的波浪，岛上起伏的青梢也是一片海浪，浪下有似海底下神人所住的仙宫。但是在榆树荫，还埋着十多年前德国人坚固的炮台，深长的甬道里你还可以看见那些地下室，那些被毁的大炮机和墙壁上血涂的手迹。——欧战时这儿剩有五百德国兵丁和日本争夺我们的小岛，德国人败了，日本的太阳旗曾经一时招展全市，但不久又归还了我们。在青岛，有的是一片绿林下的仙宫和海水泱泱的高歌，不许人想到地下还藏着十多间可怕的暗窟，如今全毁了。

堤岸上种植无数株梧桐，那儿可以坐憩，在晚上凭栏望见海湾里千万只帆船的桅杆，远近一盏盏明灭的红绿灯飘在浮标上，那是海上的星辰。沿海岸处有许多伸长的山角，黄昏时潮水一卷一卷来，在沙滩上飞转，溅起白浪花，又退回去，不厌倦地呼啸。天空中海鸥逐向渔舟飞，有时在海水中的大岩石上，那巨浪撞击着岩石，激起一两丈高的水花。那儿再有伸出海面的栈桥，去站着望天上的云，海天的云彩永远是清澄无比，夕阳快下山时，西边浮起几道鲜丽耀眼的光，在别处你是永远看不见的。

过清明节以后，从长期的海雾中带回了春色，公园里先是迎春花和连翘，成篱的雪柳，还有好像白亮灯的玉兰，软风一吹来就憩了。四月中旬，绮丽的日本樱花开得像天河，十里长的两行樱花，蜿蜒在山道上，你在树下走，一举首只见樱花绣成的云天。樱花落了，地下铺好一条花溪。接着海棠花又点亮了，还有踯躅在山坡下的"山踯躅"，丁香、红端木，天天在染织这一大张地毯。往山后深林里走去，每天你会寻见一条新路，每一条小路中不知是谁创制的天地。

到夏季来，青岛几乎是天堂了。双驾马车载人到汇泉浴场去，男的女的中国人和十方的异客，戴了阔边大帽，海边沙滩上，人像小鱼一般，暴露在日光下，怀抱中是熏人的咸风。沙滩边许多小小的木屋，屋外搭着伞篷，人全仰天躺在沙上，有的下海去游泳，踩水浪，孩子们光着身在海滨拾贝壳。街路上满是烂醉的外国水手，一路上胡唱。

但是等秋风吹起，满岛又恢复了它的沉默，少有人行走，只在雾天里听见一种怪水牛的叫声，人说牛躲在海角下，谁都不知道在哪儿。

栈桥灯影

苏雪林

听见周先生说，青岛有座栈桥，工程甚巨，赏月最宜。今夕恰当月圆之夕，向来宁可一味枯眠懒于出门的康，也被我劝说得清兴大发，居然肯和我步行一段相当远的道路，到那桥上，以备领略"海上生明月"的一段诗情。

这座栈桥，位于青岛市区中部之南海边沿，正当中山路的终点，笔直一条，伸入青岛湾，似一支银箭，射入碧茫茫的大海。

青岛栈桥，本不止一座，这座栈桥的全名是"前海栈桥"，示与那个位于胶州湾里的"后海栈桥"有所区别。不过前海的这一座历史久而工程大，又当繁盛的市区，游人对它印象比较深刻，故称之为"栈桥"而略去其头衔，有如西洋人家之父子缩短名字的音节以表亲昵，这座栈桥居然成为秃头无字之尊了。

说这座栈桥历史久，工程大，绝非夸张。它正式诞生之期为清光绪十六年，距离目前，已有四十余年了。那时北洋海军正在编练，李鸿章命人在青岛湾建筑此桥，以供海军运输物资之用。

原来桥身是木架构成。德国人占据胶州湾，改用钢骨水泥建筑，全桥长四百二十余公尺，分南北两段，南段钢架木面，北段石基灰面。我国收回青岛以后，将南段也改为钢骨水泥，于桥之极南端，添筑三角形防波堤岸，桥面成为"个"字形，全桥之长为四百四十公尺，还有座八角形的回澜阁，立于这"个"字形的桥头，游客登阁眺望海景，更增兴趣。

栈桥的北端，又有一座栈桥公园，比起中山公园的规模，这只算袖珍式的，但景物幽蒨可人意，设铁椅甚多，给予晚间来此纳凉的市民以不少的方便。

当我们走到栈桥的南端，伫立在那防波堤上。新雨之后，乌云厚积，不知是哪一只无形的大手，把淋漓的墨汁泼在海面和天空，弄得黑沉沉的，成了吴稚老的漆黑一团的宇宙。海风挟雨意以俱来，凉沁心骨。空气这么潮湿，整个空间，含着饱和的水点，似乎随时可以倾泻而下。我们想今夕看月已无希望，那么赏赏栈桥的灯光，也可以慰情聊胜。

栈桥两边立着两行白石柱，每一柱头，安设一盏水月灯，圆圆的，正像一轮乍自东方升起淡黄色的月亮。月亮哪会这么多？想起了某外国文豪的隽语：林中的煤气灯，是月亮下的蛋。现在月亮选取东海为床，将她的蛋一颗一颗自青天落到软如锦褥的碧波里。不知被谁将这些月蛋连缀在一起，成了两排明珠璎珞，献上海后的柔胸。海后晚卸残妆时，将璎珞随手向什么上一挂，无意间却挂在这支银箭上了。

黝黑的天空，黝黑的海水，是海后又于无意间挂在银箭上的一袭黑绒仙裳，明珠为黑裳所衬托，光辉愈灿烁逼人。两排灯光，映在海波上，跃荡着，拉长着，空中的珠光与水中珠光融成一片，变成万条纠缠一起的珠链了。我们立身桥上，尚觉景色如斯美妙，从远处瞻望我们的人，哪得不将我们当作跨着彩虹，凌波欲去的仙子？

残夏的海洋气候，有似善撒娇痴的十四五女郎，喜嗔无定。我们出门时，清风送爽，天边已露出蔚蓝的一角，谁知到了桥上，我们所盼望的冰轮，却又埋藏于深深的云海。不过看到了栈桥上的灯影，觉得月儿不升上来也好，她一上来，这一片柔和可爱的珠光必被她所撒开的千里银纱一覆而尽，岂非可惜之至！

云层可以隔断明月的清辉，却隔不断望月的吸力。今夕晚潮更猛，一层层的狂涛骇浪，如万千白盔白甲跨着白马的士兵，奔腾呼啸而来，猛扑桥脚，以誓取这座长桥为目的。但见雪旆飞扬，银丸似雨，肉搏之烈，无以复加。但当这队决死的骑兵扑到那"个"字形桥头上的时候，便向两边披靡散开，并且于不知不觉间消灭了。第二队士兵同样扑来，同样披靡、散开、消灭。银色骑队永无休止地攻击，栈桥却永远屹立波心不动。这才知道这桥头的"个"字堤岸有分散风浪力量的功能。栈桥是一支长箭，"个"字桥头，恰似一枚箭镞。镞尖正贯海心，又怕什么风狂浪急？

钱镠王强弩射江潮，潮头为之畏避，千古英风，传为佳话。这支四百四十公尺长的银箭，镇压得大海不敢扬波，岂不足与钱王故事媲美么？

月儿还不上来，海风更深了。我们虽携有薄外衣，仍怯于久立，只有和这仙样的虹桥作别，回到一个凡人应该回去的地方。

中山公园

苏雪林

　　青岛有九个公园，第一公园最大，自从北伐以后，青天白日的旗子飞扬到了东海之滨，它也就荣膺了"中山公园"的名号。这座公园离我们临时寓所最近，我们每天总要散步一回或两回，所以园中的一花一木，一亭一榭，无不像一部读得烂熟的书一般，了然于心目。倘使有人提起我关于青岛的回忆，第一个浮上我脑海的印象，定然是这个中山公园。

　　由我们的住所福山路进发，走过王村路，又转过一个弯，便到公园的后门。马路两旁，都是几丈高矮，绿得叫人透不过气来的大树，并且层层匝匝，一直蔓延到路基的下面，与路下斜坡所生的树林相联结。马路两边枝叶相交，形成了一条蜿蜒无穷的碧巷，也可说是一片波涛起伏的绿海，被什么法术士用神奇的逼水法，从中间逼出一条干路来。树的枝叶既如此之密而且厚，白昼亦荫翳异常，晚间虽有灯月之光，也黑魆魆地有如鬼境。我们夜间到公园散步，一定要带着电筒。因嫌路黑，有时故意绕道由那穿过体育园的文登路，走公园的前门进园。

过了这条暗无天日的"永巷"，便是一带清池，池中满种着荷蕖。这时荷花正在盛开，一种并不醉人，而闻之却令人神清气爽的芬芳，弥漫于空气里。古人称莲为君子之花，现在我们算是游于"君子之国"。所沐浴的正是这种穆然的清风。水之中央，建有茅亭一座，通以长桥，所用木料均不去皮，既清雅而又大方，富有原始的质朴醇厚风味。这方法好像为我们中国人所独自发明，现已有被全世界园林艺术家采用的趋势。

再过去便是植物场，木牌标明什么"樱花路""紫荆路""银杏路""桃杏路"，每一路辄植以同类树木千百株。譬如说是"樱花路"吧，这几百方丈的土地便压满了娇艳妩媚的日本女儿花，而紫荆路则又弥望燃烧着红焰焰的春之火了。其他松柏槐柳类推。

以我国旧式园林家的眼光看来，也许要认为过于单调，西洋人的园圃规制则大都如此。这种规制前文已表白过，与我个人脾胃非常相合。我以为树木天然是成林的东西，正如人天然是合群的动物一样。一株两株零星栽种的树，叫人看了，觉得怪孤单可怜，它们自己也像寂寥无趣似的。至于树一成了林，则纷披动摇，翻金弄碧，分外有一种欣欣向荣的气象。树木是有树木的灵魂的，它们也有喜怒哀乐，它们也有相互间的友谊和情爱，它们也会互相谈心，互相慰藉。当它们在轻风中细语，在晨曦中微笑，在轰雷闪电、狂飙大雨中叫喊呼啸，有了气类相同的伴侣在一起，便觉得声威更壮，也更显得快乐活泼。

本园原分植树植果两个部分，果园里种了无数苹果桃梨，这时枝头已结实累累，好像秋神倒提着"丰饶之角"，将整个大地的"富庶"和"肥沃"，在这些黄红紫白的绚烂色彩里倾泻出来。昔人畜木奴二百头，一家衣食自足，我自顾教书半生，依然青毡一领，对此能不发生恨未为老圃之叹？

果圃以外一望都是麦田和尚未开辟的原野。我们一路走去，腰也走酸了脚也走痛了，路只是走不到头，疑心已置身郊外，但实际上仅仅走完园的一角，想周历全园，不知更该走多少路。听说青岛这个中山公园，占地约一百万平方公尺，怪不得有这么的广阔。

西洋人建造园林，规模每甚宏大，我曾经历过的西贡公园、巴黎卢森堡、蒙莎丽、孟梭诸圃，周围都有十余里的幅员。听说美国黄石公园要坐火车游几天才得游完，更可夸为世界第一。我所见本国江浙一带有名园林，最大的不过百来亩，普通的不过十来亩。谈到园中的点缀，有的也还繁简适中，纤秾合度，给人一种幽丽的东方情调，而大多数的却堆着一叠叠叫人担心磕破头脑的假石山；种着十几株疏疏落落、憔悴萎黄的树木；开着一片潴淳发臭、蚊蚋丛生的水池；建着几座像竹扎纸糊、风吹欲倒的亭台楼阁，看在眼里，只觉得十分不自然，十分缺乏生趣。就是为一般文人学士所最欣赏的苏州愚园和狮子林，杭州西湖上那几座什么刘庄宋庄，我也并不觉得有什么可喜之处。

要知道我国古代园林的制度正和西洋暗合。文王之圃方百里，汉武帝的上林苑四百余里。私人园林如汉茂陵袁广汉的园子也有四五里的面积。直到唐代，遗规尚在。杜甫游何将军山林诗，有"百顷风潭上，千章夏木清""剩水沧江破，残山碣石开""石林蟠水府，百里郁苍苍"诸句，何将军此园占地之广，林木之盛，山水之真，我们是可以想象得之的。王维得宋之问别墅于辋川之上，观其与秀才裴迪唱和诸诗所述，有华子冈、欹湖、竹里馆、柳浪、茱萸泮、辛夷邬之胜，虽非大块文章，也绝非一丘一壑的小风月可比。我觉得从取法天然，大处落墨的园林，变迁到狭隘小巧，矫揉造作的园亭；从纵横如意，不拘形式的文字，蜕变到格律重重的骈体诗文以及八股试帖；从发扬蹈厉，进取有为的民族，堕落到以文弱为尚，病态为美的风习，同是一种莫大的退化形象，非常可悲的。

岛上的季节

吴伯箫

一

就开头吧。这里说的是那绿的青岛的事。

青岛的春天是来得很晚的。在别处，杨柳树都发了芽抽了叶，桃杏树都开了花绽了果的时候，青岛的风还硬得像十冬腊月一样，落叶树还秃光光的没有透鹅黄嫩绿的意思哩。到三四月天，有的地方胖人们都在热得喘了，这里还得穿皮棉衣。所以那时候到青岛旅行的人，若然乘的是胶济火车，走着走着就凉了起来；在回去的路上，也是走着走着就热了起来。到"天街小雨润如酥，草色遥看近却无"的那境界，已经是初夏月份了。近海地方，气候变得这样慢，是很奇怪的。可是一声鹧鸪啼，报道阳春天果真到来的时候，青岛是有的可看的。先是那苍然的山松透的一层新翠就很够使人高兴得嚷起来呢。接着那野火烧不尽的漫坡荒草重新披起一袭绿衣，一眼望去就几乎看不到赭黄的土色了。街里边，住户人家，都从墙头篱畔探出黄的迎春花，红的蔷薇花来；红砖筑就的墙壁上满爬着的爬山虎，叶子也慢慢地一天天一天天地大，直到将整个的一座楼房完全涂成绿色。姑娘们换上各色各样的衣裳，少奶奶们也用了摇篮车推着娃娃在马路上散步的时候，那就是青岛春天顶热闹的季节了。日本的樱花也就在这时开放。

提起樱花，那的确是很热闹很艳丽的一种花，成行地盛开了起来，真像一抹桃色的彩云；迎风摆动着，怪妖冶的，像泡沫一样轻松柔软。日侨妇女不管游人的拥挤，在花下情不自禁地跳起舞的都有。男子们也席地而坐发狂般地饮酒呼噪。落花时节，趁了大好的月色，约两三游伴去花下闲步，愿意躺在花荫度一个春宵的事，是常有人作如是想的。醉眠樱树下，半被落花埋，不是很有意趣么？当你看花归来，初度觉得天气有点点煦暖，身上有点点慵倦的当儿，你就会叹息着说："这才是春天呢。"

在黄梅雨连绵洒落的日子，海上吹来的雾也特别多；往往三天两日的不见阳光，全市都迷蒙着模糊着，那是怪令人烦厌的。身体素来羸弱的人，在这时候会疑惑自己生了什么肠胃病肺病，觉得浑身不舒服。但是亮蓝的天空捧出一幅浴罢的旭日来了，病也就跟着好了；一度晴天换一个欢悦，也挺妙。

二

五月梢就有人洗海澡了。夏天就那样悄悄地在大家不知不觉中偷进了青岛。在你还正在以为是阳春天气呢，忽然，晌午时分，却已经要穿单衣拿扇子了。慢慢外国的水兵来了。各种避暑的人也来了。靠海边的房舍就十倍二十倍的房价涨上去。一个个的 Bar

（酒吧），生意陡然兴隆了，常是挤满着泥醉的水兵和白俄的朝鲜的舞女。灯红酒绿，音乐到午夜还兀自演奏不息。听吧：那"嗬喽"的声音，"OK"的声音，洋车夫呼 Jinriksha（人力车）的声音，满街都是。这里那里全碰得到哼洋歌的人。喂，是青岛走运的时候喽。

正午，阳光正晒得炎热的时候，到海水浴场去，多远多远就望见啤酒、冰淇淋的旗帘高高地挑着。马路上熙来攘往的都是车马。你看啵，一排排的木房前面，卧在沙上的，撑了纸伞的，学生样子的打派司球的，男男女女，老到有了胡须，小到刚会走的，都来洗澡来了。水里边，真是万头攒动，活泼的像游鱼，灵便的像野鸭，拙笨的像河豚，喳喳哑哑，肉，曲线，海水，粗波细浪，他们哪里知道什么叫做热天，出汗是怎么回事呢。在水里浸着，在沙上晒着，有的人连饭都不回去吃，直待到傍晚才收拾散去。不是连夜里都有洗澡的么？日子是过得那样悠闲的。

海上的落日最美：碧涛映着红霞，银浪掩着金沙，云霓的颜色也是瞬息万变的。加以海鸥飞回，翠羽翩翩，远远的帆影参差，舟楫来往，那晚景值得使人流连忘返。

太阳落后，天上满挂了星斗，市上满亮了街灯，夜景也很宜人。海风吹来，又凉爽又潮润，白昼的半点炎热都完全消逝了。身上只感到清快。出来乘凉的人到处都是：海边石栏上有人，沙滩上有人，公共长椅上也有人。窃窃私语的，嘈杂喧闹的，就同夜市般热闹。不然，"轻车不辗纤尘地，十里长街都似冰"，青岛的马路是有名的，并了肩走走"边道"，林丛山畔听听夜莺，也极恬适舒服。这样直至夜阑更深，还有汽车的喇叭响，游人咯罗咯罗的声音哩。没有多少蚊子，醒来，又一天了。

三

青岛八月天最热，过罢中秋才慢慢度过道地的秋天去。因为节气晚，所以秋天也是姗姗迟到的。论到颜色的复杂，气候的温和，天空的晴朗，秋并不弱于春。单看重九后那遍野的红叶就抵得过阳春天那满山的花草不是？那不只是美丽，简直是灿烂；活像一大蓬火，一整坡笑，看了是会令人感慨、奋发、狂热的。到山上去逛，常常有野兔惊起，你可以尝到猎人的风味。野菊的香，弥漫在山岩谷豁间，又颇饶田家风韵，樵夫生涯。到树叶凋零的降霜时节，出门看山坡里的处处野火，那又是另一种情趣了。

眼看避暑的人走了，也没有了那天天喝醉酒的水兵，街市上便渐渐的冷落起来。很多酒馆歇业了，应时的舞女也一帮帮的载到了上海去，青岛的繁荣是该蛰栖的时候了呢。

年终岁暮，才能算是冬天。到来年的三月初，冬天还一个字儿地缠绵着；冬，那怕是比较长远的一季吧。可是青岛市上唯有这一季没得可玩。既稀罕大冰大雪，又缺少飓风骇浪，干什么呢？只有清晨绝早听一听驻军的号角，夜深人静领略礼堂的钟声而已。

街上是冷清清的，夜晚八点商店就上门，路上的行人就稀疏寥落了。只散见的几个警察，抱了指挥棒，在伫立听海啸，和间或有的三五车夫，索索叫冷罢了。

圣诞节过后，匆匆就是年了。

啊，是这样的青岛。

青岛海景

蹇先艾

　　我爱山，我也爱海；我爱山的崇高、雄浑、威严，我也爱海的宽容、伟大、汪洋。如果拿这种东西来象征人格的话，我也就最崇拜这两种人格。我是在山国里生长的人，我们的庭园便包围在纠纷的群山之中，我曾经有一个很长的时期，朝朝暮暮晤对着山上的城墙、荒坟、古庙、茅屋、圮屋、圮塔与松林。我还穿着线耳草鞋，走过蜿蜒的龙蟠的九溪十八涧和蛮荒的山路，我个人对于山的知识比对于海的知识多得多。海，我却很少有机会去接触，或者去细细地领略。说句真话，有时候我更偏爱我们祖国的黄河和扬子江；那两条水的天险、波涛、泥沙与鸣咽，能够给我们更深的刺激，引起我们对于国家的命运的兴叹。我们目前需要的是生命的呼号，巨浪掀起，挣扎，搏斗，像我们那古老的江河一样。不过，海，在宁静的时候，我们也同样需要它的宽大、海涵，来培养或扩充我们的人格。我觉得我们在国难严重的时期，应当学咆哮的江河；在太平时代，才应当学浩渺的海水。

1936 年夏天，我在青岛住了一个星期。青岛的市政，柏油的马路，巍峨的建筑，苍郁的树木，自然值得称赞；但是我并不怎样注意，我每天的生活总是到海边去散步，拾蚌壳，或者默坐，遥对着海景。海风拂拂地吹到我的脸上，虽然带着一点腥气与咸味，然而阻止不了我对于海的倾慕，对于海的陶醉。

我刚到青岛的那天，便在给一个朋友的信中写道：

> ……黄昏时候，火车渐渐地走得缓慢起来，浩瀚的大海便展开在我们的眼前了。参差不齐的帆樯严密地排在海边。太阳不见了，天上灰絮似的云影移动着。天连水，水连天。云翳在辽阔的天空中幻变成各式各样的形体：有的像飞禽，有的像走兽，有的像层叠的山峰……

这是青岛海景第一次给我的印象。

次日早晨，空气异常潮湿，在细雨蒙蒙的飘飞中，我一个人便跑到海滨去散步。一出门，走不上几步，我的眼镜便被雨打湿了，简直辨不出路径来，终于走到海滨公园，我坐在一张褐色的石桌前，面对着大海。桌下便是一带嶙峋的岩石，有几个日本女孩在那里寻找海蟹与海螺，跂着脚跑来跑去，好像在平地上走路的样子。海上的左岸的轮廓，比较分明，迤逦着房舍的行列，红顶黄墙堆积在绿树丛中，由海边蔓延到高坡上去。山峦起伏在灰色雾谷里面，景象极其迷蒙。对面是一片镶嵌着绿林的小岛，左边海水茫茫，望不到涯际。有两三点帆影在海上起伏，远的模糊，近影清晰。海水的呼啸，像深山里一万个瀑布声。海面有一碧万顷的波涛在摇动。靠岸是一簇一簇的白沫似的巨浪，变化迅速，不可捉摸。有时像充满了愤怒，哗哗地抨击着海岸；有时一小股一小股地跳上岩石来，又跳回去，比小孩子还活泼。我沉醉了，我的长年郁闷着的心胸，得到了暂时的疏解。到了午饭的时候，我还是依恋着不肯回旅社去。

崂山胜迹

倪锡英

"泰山虽云高，不及东海崂。"

这是山东滨海居民的一句谚语。从这句话中间，我们可以知道崂山的胜景，是要超泰山而上之。泰山位于山东省的中央，以雄伟崇高见称于世。到山东省去的游人，都必须一登泰山。而崂山却僻处在黄海之滨，虽然比不上泰山的崇高，但是山势的峻险，景色的奇丽，却是过之。在从前，人们是很少知道崂山这个名字的。自从青岛开辟以后，崂山的名声，也就随着著称起来。到现在，凡是到青岛去的人，都必须一登崂山。

崂山周围四百里，东南两面，都傍着黄海，峰峦起伏，怪石峥嵘，山势是够称得上"怪突奇险"。登临过泰山的人，只觉得那山势是伟大雍和，循着山道一层一层地上去，似乎使人捉摸不到山的边际。到了绝顶以后，只见那重叠的峰峦，都在脚底下拱伏着，十分静穆与庄严。而人们若旅行到崂山去，所得的印象便不同了。那巨石东一块西一块地困住了去路，摇摇欲坠，有些竟活像一群怪兽，或是人物的造像一般，含着神秘的恐怖性。同时因为山峰靠近海，山间的云气是终年不断的，似白烟一般缭绕着。人在半山里，如同投入云烟阵中，沧溟一色，看不清上面有多高，下面有多深，只听得脚底下的海水，在澎湃，在呼啸，震得那山峰巨石，似乎都在摇动起来。

因为崂山的山势生得如此怪险，因此崂山自古以来，便被人目为神仙山。在历史传说中，一代专制君王秦始皇，为了求仙，曾亲自到崂山顶上，观望海中的蓬莱仙岛。而谎言求仙的徐福，也是从崂山的南面，乘船入海的，现在还遗留着徐福岛的古迹。据《神仙传》所载，乐正子长曾在崂山中遇见神仙。唐代天宝年间，王旻和李华周，曾居此炼丹。在当时，曾一度改名曰辅唐山。李青莲赠王屋山人的诗中有"我昔东海上，崂山餐紫霞"的诗句，就此可知在唐朝时，崂山的名声，已经著称于世了。

崂山既被人们目为神仙出没的名山，因此现在所有崂山的胜迹，也有很多神仙的传说。

若八仙墩，相传是八仙过海聚饮的地方。棋盘石，是南斗星和北斗星下棋的遗迹。此外又有什么降龙伏虎的奇石，以及真人化身的怪洞，都是以神仙做骨干的。而山上现今所有的宫观建筑，大半都是千百年前的遗址。因为地址僻居海隅，和内地相隔绝，虽然有好奇的游客，但困于交通，只是向往而已。自从德人经营青岛，崂山的西部，全划入德人的租借区内。德人生性喜欢野游，便在崂山的附近，兴筑汽车大道，自青岛市区可以直达山麓。因此游人便一天多似一天。崂山的名声，从此大著。到了日人占领以后，山路便渐渐荒塞，变成了盗匪出没的地方，于是游人从此便绝迹了。直到民国十七年以后，青岛改为特别市后，渤海舰队的海军，便驻扎在崂山，专任肃清盗匪，东北海军司令沈鸿烈，改任青岛市市长，对于崂山的建设，更是不遗余力。凿山开道，重修古迹，于是崂山的天然景色，因整理而焕然一新，每当春秋佳日，中外的游客，不绝于途。

观象山

黄哲渊

　　风景秀丽的青岛，是美在海，是美在山，是美在整齐的街道、瑰丽的房屋，与海和山的配合，配合得恰到好处。

　　青岛实在太美了，远有崂山之秀，近有诸山之美。其东南有信号山，其西南有观海山，在观海山之北，有海拔七十五公尺的一座高山，上面有一高耸云际的大楼，它，已成为全市瞻仰气象的标帜！晚上有五颜六色的信号灯，白昼有飘扬空中的信号旗。云雾晴阴，风雨雹雪，时时刻刻都给人们以准确的预报。那一座山，便是人们所共知的观象山；那一座楼，便是驰名远东，具有五十年悠久历史的观象台。环绕观象山是热闹而宽阔的平原路、江苏路和胶州路，在那里是繁华的商业区和高等住宅区。从胶州路和江苏路交叉处，沿着观象二路向上走，可以看到建筑庄严的圣保罗堂。再行数十步，可以看到美免美轮的崇德小学，毗邻崇德小学，便是观象山公园。

　　循着柏油路，在浓荫下面，弯弯曲曲地再走百余步，经过观象台台长官邸，绕一个大弯，就可以望见圆顶的大赤道仪。再一转弯，到了红砖砌成的桂花墙，里面有小赤道仪，有高达数十尺的各种信号架和许许多多的重要观测仪器。一天二十四小时，总有人在那里轮流工作，不分昼夜，不避寒暑。观象台的技术人员，有时连假期也享受不着的。

靠近着露场的一座高楼，全是巨石筑成的，那就是巍巍峨峨，雄立山顶的观象台。台分七层，置身在这大楼的最高一层，放目四望，似乎是山外青山水外水。初看好像山包着海，再望又好像海连着山，真是山连水，水连天，水天一色。在平地看青岛，只能看到一隅，只能看到一面，只能看到一角，居高临下，不特整个的胶州湾内的全景，尽收眼底，即湾外来往航轮，也可一望不遗。远望崂山，峰上有峰，峰峰高插云天，近看全市，绿树红瓦，形成了一个美丽无比的人间乐园。南对小青岛和前海栈桥，北望沧口和后海，汽轮如织，帆船似梭，海鸥飞翔上下。观象山是屹立在市区的中心，观象台又是建筑在观象山的山顶上，大有高高在上唯我独尊的形势。

晴天不用望远镜，可以望见团岛阴岛薛家诸岛之胜，雾天可以看到整个的青岛变成了白茫茫的一片云海。飓风的时候，立在山顶，耳边只听得一片松涛呼呼声和海边波涛澎湃的怒吼声。

一年之中，春天芳草如茵，群花争放。红的，绿的，黄的，也有紫的。每棵树上，都换上了嫩绿色的新装。听小鸟儿在枝头上歌唱，啾啾唧唧，能使人忘掉俗忧俗虑。到夏季，满山是一片浓荫，凉风习习，沁人心脾。附近的居民，天天成群结队地上山游览，登高纳凉，那种热闹的情形，可以想见了，每当午后斜阳穿过那密丛丛的槐树，金线万道，闪闪生光。有时在幽静的山路上，常常可以遇到成双作对的青年男女，情蜜蜜，意绵绵，似乎在倾吐他们的无限衷曲。入秋，满山的树木，渐渐地变成了深绿的颜色，叶儿一点也不凋残，花儿仍旧是鲜艳地开着，因为青岛的秋天，不是江南的秋天，也不是华北的秋天，而是一个来到青岛，要迟上两个多月的特殊的秋天。但是到严冬，草木凋残，狂风怒号，使人们感到刺骨的寒冷。不过下雪以后，登高远眺，山是白的，树是白的，路是白的，屋瓦都是白的，全市区没有一块儿不是白的。整个的环境，是一片琼林玉宇，雪地冰天，使赏雪的人们，饱尝了眼福，忘掉了风寒。

优丽的观象山，一年四季，季季都是美的，季季都有它特殊可爱的地方。远看是美的，近看也是美的，山上山下，山前山后，无处不可爱，无处不美丽。

可惜近年来，难胞住满观象山的防空洞，因为燃料的缺乏，全山林木，被他们砍伐了不少，美丽的风景，顿为之减色。一座美丽的观象山，好像病后的美人儿，失掉了柳叶眉，脱掉了青丝发，如果要想保持往日的美容，我们对于护林的工作，还得大大地努力哩。

青岛樱花会

臧克家

岛国东风春正暖，

樱花红过海西来。

青岛有点春寒。前几天一个朋友从济南来信说，他在西上的火车中，一路迎着樱花开，到了那里正值花残。他说要搭车来青赶樱花会，我报告他：

"此地樱花待兄开。"

东风的神力真不可思议，三天的工夫吹红了青岛。如果那位朋友这回来到，一定觉得我的前言是近于欺骗。

今天是星期日，今天是跑马的日子，今天是樱花会。三重热闹叠在一起，给终年冷落的第一公园造成了一天红的记忆。

今天，各色的人穿着各色的衣裳，带着各色的心一齐朝着一个目的地出发。从衣服上，从走路的凭借上，可以清楚地看出各人的身份，汽车、马车、人力车、步行，这是四个等级，各人最高地表现了自己。在这人像决了堤的水一般的时候，绝没有舍了车不坐而清高闲步的，同时也绝没有不把顶得意的服装穿戴起来的，谁有粉不愿意搽在脸上呢？

汇泉道上平素撒一块石头决不会打着个人的，今天却上海的大马路也不换。汽车接成一条线，扬起一道灰土，人低着头罩在这气氛中，几乎对面看不清人，只听见汽车的叫声，马车的蹄子声，人力车的铃铛声。

樱花路是热闹的中心，来看花的人没有不在这路上走一趟的，路是南北的，长数足足有一里，从这头往那头望，眼光像在人空里穿梭，往上看，只见樱花不见天。

在热闹中看不出神奇来，因为自己的眼已先是一双热闹的眼了。顶好拣一个比较僻静一点的地方，譬如坐在一座亭子角上，或是一个转弯的路口，这些人人都越不过的地方，这，你可以有暇用冷眼去看每一个人。看他是一个官僚、一个商人、一个绅士、一个学生，或是一个才从乡下来的庄稼汉。看她是一个闺秀，还是一个野鸡。这些人的脸上清楚地刻着各人的身世。看各种姿态闪过你的眼：老头捋着胡须在草地上喘息；老太太用手杖支持着下倾的身子；雄赳赳的是学生，腰挺得板直，瞧那目空一切的神儿；用低头掩过娇羞的不用提是深闺中的佳人了。

小货摊像从地里突然冒出来的，一座一座，斗宝似的各人把最夺目的洋货（小孩的玩具、女人的首饰……）用最惹人的方法悬挂着，摊子前围满了女人和小孩，大都是从乡下来的，每样东西她们仿佛都喜欢，然而每样仿佛都太贵。小孩子的眼盯在各种玩具上，用眼向大人要求什么，回答多半是一个白眼；不过也有许多小孩牵一个氢气球在闲地上跑。叫卖商的声像雨后的蛙，噪着人的耳朵、人的心。茶栅里那四面布围圈出来的一块隙地，几张藤椅，小方桌上罗列着的那一套茶具，无一不足以使倦了的游人从心里渴慕。这真合适于几个意外聚首的朋友谈心。

为了要秩序，临时添了警察，那有什么用，新添的监视的眼睛和新添的游人的比例数是没法比的。你看，禁足的木牌只管立在那里，草场上却站满了人，警察的话在人耳中失了威严。

人像要在花下留下自己的青春，都在争着照相，瞧，立起一回，坐下一回，周身不知如何安排，鼻眼都好似没长在正确的地方，做了又做，把摄影师急得满脸汗，真的，在万目集注的底下是难以为容的！

最热闹的一天，热闹顶点的这一天的正午，在攘攘里过去了。天气的热度也降低了，游人好似也过了热瘾，渐渐地开始撤退。汽车也开始叫了。一道灰尘送游人散去。

傍晚的时候，樱花路上，残红满地，夕阳染在花瓣上，冷风吹醒了一场热梦。

弘一律师在湛山

倓　虚

弘一律师，是民国二十六年初夏，到湛山寺来的。

二十五年秋末，慈舟老法师去北京后，湛山寺没人讲律，我对戒律很注意，乃派梦参师到漳州万石岩把弘老请来。在他来之前，梦参师来信说：弘老来有三个条件：第一，不为人师；第二，不开欢迎会；第三，不登报吹嘘。这约法三章，我都首肯了。

平素我常说：我在佛教里是个无能的人，说什么，什么都不成。不过仗佛菩萨加被，借诸位师傅的光明，给大家做一个跑腿的人。我虽然无能耐，如果有能耐，有修行的大德，我尽量想法给请来，让大家跟着学。这样于湛山寺也增光，于大家也有益。凡属于大家有益的事，只要我力量能办得到，总尽量去办！

我常愿大家"坐地参方"。什么叫"坐地参方"？就是把大德请来，让大家一点劲不费，坐地参学，就叫"坐地参方"。因为出家人手里没钱，在外面跑腿不容易，平安年月还好，乱世里走路更不容易。还有一些老修行，住到一个地方轻易不愿动；但对一

035

些大德又很羡慕，这样要满他们的愿，最好是请大德来，让他们坐地参方，省得跋山涉水，千里遥远去跑。

我的意思，把中国（当然外国来的大德也欢迎）南北方所有大德，都请到这里来，纵然不能久住，也可以住一个短的时期，给大家讲讲开示，以结法缘。因为一位大德有一位大德的境界，禅和子之中，止不定与哪一位大德有缘；或者一说话，一举动，就把人的道心激励起来。这都是不可思议的事！

二十六年时，我曾预备把印光老法师请到湛山来，开一念佛堂，让印老在这里主持净土道场。以后因（七七）事变，印老没能到湛山来，这是我最遗憾的地方。

弘老也是我最羡慕的一位大德。他原籍是浙江平湖人，先世营醝业于天津，遂寄籍于此。父筱楼公，出身进士，做过吏部官，为人乐善好施，风世励俗，表率一方，在天津为有名的李善人家。

他在家名李叔同，另外出家、在家还有好些名字，我已记不清。降生时，有雀衔松枝降其室，此枝到了他临火度时，还在身边保存着。自幼颖悟异常，读书过目成诵，有李才子之称。性格外倜傥而内恬醇，凡做事都与人特别。可是他一生的成功，也就在他这个特别性格上。做事很果敢，有决断，说干什么，就干什么；说不干什么，就不干什么。俗言说："装模不像，不如不唱。"例如他在家里，专门致力于文学、艺术、音乐、图画等，就专心致志，让他成功。甚而在少年时代，一些风流韵事，也莫不尽情逸致。像唱戏一样，无论扮演某种角色，都让他合情合理到家。可是话又说回来，在家是那样，出家也是那样，出家后，把在家那套世俗习气完全抛掉，说不干就不干！丝毫也不沾染。对于出家人应行持的，就认真去行持，行持到家，一点不苟且，这才是大丈夫之所为。也是普通人最难能的一件事！

弘老在家时，是一个风流才子，日本留过学，社会上也很出风头的。以他过去的作风，谁也想不到他能够出家，出家后，又能够持戒那么谨严。民国七年暑假天，他正在杭州两级师范当教师，忽然要出家，谁也留不住。马上把自己的东西完全送人，到杭州虎跑大慈寺，拜了悟老和尚为剃度师，命名演音，字弘一。在他临去虎跑时，学校跟去一茶房，名字叫闻玉。这个茶房本是在学校伺候弘老的，对他印象非常好，听说他要出家，心里有些不忍；于是给他带着东西一同到虎跑寺去送他。进庙门之后，弘老马上回过头来称闻玉为居士，很客气地请他坐下，自己扫地擦桌子，汲水泡茶，以宾礼对闻玉。原先闻玉伺候他，到庙里后他马上倒过来伺候闻玉，晚上自己找铺板搭床。闻玉几次要替他弄，他说："不敢当，我不让你来，你偏要来，现在你送我来出家，我很感激你。这是我们的家，你在这里住一天是我们庙里的居士，我应当好好照应你。"这一来弄得闻玉手足无措，哭笑不得。后来闻玉说："你说说算了吧，还当真的就出家吗？"弘老说："这还能假了吗？"闻玉苦苦哀求，让他玩几天再回学校；可是他决心出家，说什么也不能更改意志，反以言语来安慰闻玉，让他赶紧回学校。闻玉看实在没办法，在他跟前痛哭一场，很凄凉地自己回学校去了。

弘老自出家后，就专门研究律，天津徐蔚如居士，对他研究律帮很大的忙。徐居士曾对他这样说过："自古至今，出家的法师们，讲经的多，讲律的少；尤其近几百年来，就没有专门研究律的，有也不彻底。你出家后，可以专门研究律，把中国的律宗重振起来。"

中国出家人，自东汉至曹魏初年，并没有说皈依受五戒的，只是剃发出家而已。至魏嘉平年间，有天竺僧人法时到中国，立羯磨受法，是为中国戒律之始。自那时起，才真正开始传授比丘戒。

最初传到中国的律典，是《十诵律》，为姚秦时代鸠摩罗什法师译。六朝时期，此律盛宏于南方。其次是《四分律》《僧祇律》《五分律》《有部律》。

在五部律中，最通行的是《四分律》。到了唐朝，道宣律师据大乘义理解释《四分律》，撰成《四分律行事钞》三卷，《四分律羯磨疏》四卷，《四分律戒本疏》四卷，称为南山三大部。再加上他所撰的《拾毗尼义钞》三卷（现存二卷），《比丘尼钞》三卷，合称为五大部。自此律学中兴，后人宗仰他，遂成为四分律宗，也称为南山宗。当时有相部法砺律师、东塔怀素律师，各依四分律藏，撰造疏释，与南山道宣律师，并称三宗。

南宋以后，禅宗盛行，律学无人过问，所有唐宋诸家的律学撰述，都散失不存。自宋朝历元明清，计七百余年，中间虽然也有人提倡律学，可是已失去南山真脉。原因是中国弘律的人少，经过多少次变乱，律典已毁于燹火，有原本也都流落在日本。清末徐蔚如居士，自日本请回，重刊于天津，然错误遗漏特多。弘老出家后，发愿毕生研究戒学，誓护南山律宗，遍考中外律丛，校正五大部及其他律藏。二十几年来，无日不埋首律藏，探讨精微。到处也以弘律讲律为事，在我个人，也深愿后来多出几位弘律的人。

在弘老的著述中，最主要的要算《四分律比丘戒相表记》。此书将四分律文，制为表解，化赜为晰。所加按语，都是古昔大德警语，经六七年工夫始制成。稿子都是亲笔所写，当时由穆藕初居士捐七百元现钞，委中华书局缩本影印，原稿保存在穆藕初居士处。在稿子后面，弘老还特意写了一段遗嘱，大意是说：我去世之后，不希望给我建塔，也不愿给我做其他功德，只要能募资将此书重印，以广流布，就于愿满了。

记得弘老来时，是在旧历的四月十一那天，北方天气——尤其是青岛，热得较晚，一般人，还都穿夹衣服。临来那天，我领僧俗二众到大港码头去迎接。他的性格我早已听说，见面后，很简单说几句话，并没寒暄。来到庙里，大众师搭衣持具给接驾，他也很客气地还礼，连说不敢当。

随他来的人有三位——传贯、仁开、圆拙——还有派去请他的梦参法师，一共五个人。别人都带好些东西，条包、箱子、网篮，在客堂门口摆一大堆。弘老只带一破麻袋包，上面用麻绳扎着口，里面一件破海青，破裤褂，两双鞋；一双是半旧不堪的软帮黄鞋，一双是补了又补的草鞋。一把破雨伞，上面缠好些铁条，看样子已用很多年了。另外一个小四方竹提盒，里面有些破报纸，还有几本关于律学的书。听说有少许盘费钱，学生给存着。

在他未来以前，湛山寺特意在藏经楼东侧盖起来五间房请他住，来到之后，以五间房较偏僻，由他跟来的学生住，弘老则住法师宿舍东间——现在方丈室——因为这里靠讲堂近，比较敞亮一点。

因他持戒，也没给另备好菜饭，头一次给弄四个菜送寮房里，一点没动；第二次又预备次一点的，还是没动；第三次预备两个菜，还是不吃；末了盛去一碗大众菜，他问端饭的人，是不是大众也吃这个，如果是的话他吃，不是他还是不吃，因此庙里也无法厚待他，只好满愿！

平素我跟他讲话时很少，有事时到他寮房说几句话赶紧出来。因他气力不很好，谈话费劲，说多也打闲岔。

愈是权贵人物，他愈不见，平常学生去见，谁去谁见，你给他磕一个头，他照样也给你磕一个头。在院子里两下走对头的时候，他很快地躲开，避免和人见面谈话。每天要出山门，经后山，到前海沿，站在水边的礁石上瞭望，碧绿的海水，激起雪白的浪花，倒很有意思。这种地方，轻易没人去，情景显得很孤寂。好静的人，会艺术的人，大概都喜欢找这种地方闲待着。

屋子都是他自己收拾，不另外找人伺候。窗子、地板都弄得很干净。小时候他在天津的一位同学，在青岛市政府做事，听说他到湛山寺来，特意来看他。据他这位同学说：在小时候他的脾气就很怪僻，有名的李怪——其实并不是怪，而是他的行动不同于流俗——因他轻易不接见人，有见的必传报一声，他同学欲与见面时，先由学生告诉他，一说不错，有这么一位旧同学，乃与之接见。

有董子明居士，蓬莱人，原先跟吴佩孚当顾问，以后不做事，由天津徐蔚如居士介绍来青岛，在湛山寺当教员，学识很渊博。他和弘老很相契，常在一块谈话，那时我每天下午在湛山寺讲《法华经》，弘老来听，以后他和董子明说："倓虚法师，我初次和他见面时，看他像一个老庄稼人一样，见面后他很健谈的，讲起经来很有骨格！发挥一种理时，说得很透辟！"这话后来由董居士告诉我，我知他轻易不对人加评论，这是他间接从闲话中道出。可是我听到这话很惭愧，以后无论在何处讲经，更加细心。

朱子桥将军，多少年来羡慕弘老的德望，只是没见过面。正赶他有事到青岛，让我介绍欲拜见弘老，一说弘老很乐意。大概他平素也知道朱将军之为人，对办慈善及对三宝事很热心，乃与之接见，并没多谈话；同时还有要见他的人，他不见，让人回答，说已经睡觉了。

有一天，沈市长在湛山寺请朱将军吃饭，朱将军说："可请弘老一块来，列一知单，让他坐首席，我做陪客。"沈市长很同意，把知单写好，让我去给弘老说，我到他寮房里一说，弘老笑笑没言语，我很知他的脾气，没敢再往下勉强。第二天临入席时，又派监院师去请他，带回一个条来，上写四句话：

> 昨日曾将今日期，短榻危坐静思维。
>
> 为僧只合居山谷，国士筵中甚不宜。

朱将军看到这个条喜得不得了，说这是清高。沈市长脸上却显得很不乐意，按地方官来说，他是一个主人，又加是在一个欢迎贵宾的场合里，当然于面子上有点下不来台。我和朱将军看到这里，赶紧拿话来遮盖，朱将军平素有些天真气派，嘻嘻哈哈，把这个羞涩场面给遮掩过去了。

弘老到湛山不几天，大众就要求讲开示，以后又给学生研究戒律。讲开示的题目，我还记得是"律己"，主要的是让学律的人先要律己，不要拿戒律去律人，天天只见人家不对，不见自己不对，这是绝对错误的。又说平常"息谤"之法，在于"无辩"。越辩谤越深，倒不如不辩为好。譬如一张白纸，忽然染上一滴墨水，如果不去动它，它不会再往四周溅污的，假若立时想要它干净，马上去揩拭，结果污染一大片。末了他对于律己一再叮咛，让大家特别慎重！

他平素持戒的工夫，就是以律己为要。口里不臧否人物，不说人是非长短。就是他的学生，一天到晚在他跟前，做错了事他也不说。如果有犯戒做错，或不对他心思的事，唯一的方法就是"律己"不吃饭。不吃饭并不是存心给人怄气，而是在替那做错的人忏悔，恨自己的德行不能去感化他。他的学生和跟他常在一块的人，知道他的脾气，每逢在他不吃饭时，就知道有做错的事或说错的话，赶紧想法改正。一次两次，一天两天，几时等你把错改正过来之后，他才吃饭，末了你的错处，让你自己去说，他一句也不开口。平素他和人常说：戒律是拿来"律己"的！不是"律人"的！有些人不以戒律"律己"而去"律人"，这就失去戒律的意义了。

给学生上课时，首讲《随机羯磨》，另外研究各种规矩法子。《随机羯磨》是唐道宣律师删订的，文字很古老，他自己有编的"别录"作辅助，按笔记去研究，并不很难。上课不坐讲堂正位，都是在讲堂一旁，另外设一个桌子，这大概是他自谦，觉得自己不堪为人做讲师。头一次上课，据他说，事前预备了整整七个小时，虽然已经专门研究戒律二十几年，在给人讲课时，还是这么细心，可见他对戒律是如何的慎重！因他气力不好，讲课时只讲半个钟头，像唱戏道白一样，一句废词没有。余下的时间，都是写笔记，只要把笔记抄下来，扼要的地方说一说，这一堂课就全接受了。《随机羯磨》头十几堂课，是他自己讲的，以后因气力不佳，由他的学生仁开代座，有讲不通的地方去问他，另外他给写笔记。《随机羯磨》讲完，又接讲《四分律》。

差不多有半年工夫，弘老在湛山，写成了《随机羯磨别录》

《四分律含注戒本别录》，另外还有些散文。

他这次到北方来，也该当与北方人有缘，平常接受行律的，有很多学生，整个庙宇接受的还没有。

慈老和弘老到北方来，在别处，没有能拿整个丛林来接受其律仪的，唯湛山寺能接受。每到初一、十五诵戒羯磨；四月十五，结夏安居；七月十五自恣，平常过午不食……二位老法师走后，这些年来，还是照规矩去行。原因这里是新创的地方，做事单纯，不像其他地方那么复杂，自己也能做得了主，也乐意，所以能接受。同时还有几位同学，继续弘老的意志，发心专门研究戒律，日中一食，按律行持；不但湛山寺是这样，和湛山寺有关系的庙如哈尔滨极乐寺、长春般若寺、天津大悲院等也都按照这样去行。

……

弘老虽是生在北方，可是他在南方住的时候多，对于南方气候、生活都很习惯。初到湛山时，身上穿得很单薄，常住给做几件衣服，他一件也没穿，向来不喜欢穿棉衣服，愿意在南方过冬。原因北方天气冷，穿一身棉衣服，很笨重的。

湛山寺本来预备留他久住的，过冬的衣服也都给预备了，可是他的身体，不适于北方的严寒，平素洒脱惯了，不愿穿一身挺沉的棉衣服，像个棉花包一样。因此到了九月十五以后，到我寮房去告假，要回南方过冬。我知他的脾气，向来不徇人情，要走谁也挽留不住，当时在口袋里掏出来一个纸条，给我定了五个条件。第一，不许预备盘缠钱；第二，不许准斋钱行；第三，不许派人去送；第四，不许规定或询问何时再来；第五，不许走后彼此再通信。这些条件我都答应了。

在临走的前几天，给同学每人写一幅"以戒为师"的小中堂，作为纪念。另外还有好些求他写字的，词句都是《华严经》集句；或藕益大师警训，大概写了也有几百份。末了又给大家讲最后一次开示，反复劝人念佛。临走时给我告别说："老法师！我这次走后，今生不能再来了，将来我们大家同到西方极乐世界再见吧！"说话声音很小，很真挚，很沉静的！让人听到都很感动的。当时我点头微笑，默然予契。临出山门，四众弟子在山门口里边搭衣持具预备给他送驾，他很庄重很和蔼地在人丛里走过去，回过头来又对大家说："今天打扰诸位很对不起，也没什么好供献，有两句话给大家，作为临别赠言吧！"随手在口袋里掏出来一个小纸条，上写：

乘此时机，最好念佛！

走后我到他寮房去看，屋子里东西安置得很有次序，里外都打扫得特别干净！桌上一个铜香炉，烧三支名贵长香，空气很静穆的，我在那徘徊良久，向往着古今的大德，嗅着余留的馨香。

文教生活

第二辑

青岛与山大

老　舍

　　北中国的景物是由大漠的风与黄河的水得到色彩与情调：荒、燥、寒、旷、灰黄，在这以尘沙为雾、以风暴为潮的北国里，青岛是颗绿珠，好似偶然地放在那黄色地图的边儿上。在这里可以遇见真的雾，轻轻地在花林中流转，愁人的雾笛仿佛像一种特有的鹃声。在这里，北方的狂风还可以袭人，激起的却是浪花；南风一到，就要下些小雨了。在这里，春来得很迟，别处已是端阳，这里刚好成为锦绣的乐园，到处都是春花。这里的夏天根本用不着说，因为青岛与避暑永远是相连的。其实呢，秋天更好：有北方的晴爽，而不显得干燥，因为北方的天气在这里被海给软化了；同时，海上的湿气又被凉风吹散，结果是天与海一样的蓝；湿与燥都不走极端；虽然人雁还是按时候向南飞，可是此地到菊花时节依然是很暖和的。在海边的微风里，看高远深碧的天上飞着雁字，真能使人暂时忘了一切，即使欲有所思，大概也只有赞美青岛吧。冬天可实在不能令人满意，有相当的冷，也有不小的风。

但是，这里的房屋不像北平的那样以纸糊窗，街道上也没有尘土，于是冷与风的厉害就减少了一些。再说呢，夏季的青岛是中外有钱有闲的人们的娱乐场所，因为他们与她们都是来享福取乐，所以不惜把壮丽的山海弄成烟酒香粉的世界。到了冬天，他们与她们都另寻出路，把山海自然之美交给我们久住青岛的人。雪天，我们可以到栈桥去望那美若白莲的远岛；风天，我们可以在夜里听着寒浪的击荡。就是不风不雪，街上的行人也不甚多，到处呈现着严肃的气象，我们也可以吐一口气，说，这是山海的真面目。

一个大学或者正像一个人，它的特色总多少与它所在的地方有些关系。山大虽然成立了不多年，但是它既在青岛，就不能不带些青岛味儿。这也就是常常引起人家误解的地方。一般地说，人们大概常会这么想：山大立在青岛恐怕不大合适吧？舞场、咖啡馆、电影院、浴场……在花花世界里能安心读书吗？这种因爱护而担忧的猜想，正是我们所愿解答的。在前面，我们叙述了青岛的四时：青岛之有夏，正如青岛之有冬；可是一般人似乎只知其夏，不知其冬，猜测多半是由此而来。说真的，山大所表现的精神是青岛的冬。是呀，青岛忙的时候也是山大忙的时候，学会咧，参观团咧，讲习会咧，有时候同时借用山大做会场或宿舍，热闹非常。但这总是在夏天，夏天我们也放暑假呀。当我们上课的期间，自秋至冬，自冬至初夏，青岛差不多老是静寂的。春山上的野花，秋海上的晴霞，是我们的，避暑的人们大概连想也没想到过。至于冬日寒风恶月里的寂苦，或者也只有我们的读书声与足球场上的欢笑可与相抗；稍微贪点热闹的人恐怕连一个星期也住不下去。我常说，能在青岛住过一冬的，就有修仙的资格。我们的学生在这一住就是四冬啊！他们不会在毕业时候都成为神仙——大概也没人这样期望他们——可是他们的静肃态度已经养成了。一个没有到过山大的人，也许容易想到，青岛既是富有洋味的地方，当然山大的学生也得洋服郎当的，像些华侨子弟似的。根本没有这一回事。山大的校舍是昔年的德国兵营，虽然在改作学校之后，院中铺满短草，道旁也种上了玫瑰，可是它总脱不了营房的严肃气象。学校的后面左面都是小山，挺立着一些青松，我们每天早晨一抬头就看见山石与松林之美，但不是柔媚的那一种。学校里我们设若打扮得怪漂亮的，即使没人多看两眼，也觉得仿佛有些不得劲儿。整个的严肃空气不许我们漂亮。到学校外去，依然用不着修饰。六七月之间，此处固然是万紫千红，士女如云，好一片摩登景象了。可是过了暑期，海边上连个人影也没有；我们大概用不着花花绿绿的去请白鸥与远帆来看吧？因此，山大虽在青岛，而很少洋味儿，制服以外，蓝布大衫是第二制服。就是在六七月最热闹的时候，我们还是如此，因为朴素成了风气，蓝布大衫一穿大有"众人摩登我独古"的气概。

还有呢，不管青岛是怎样西洋化了的都市，它到底是在山东。"山东"二字满可以用作俭朴肃静的象征，所以山大——虽然学生不都是山东人——不但是个北方大学，而且是北方大学中最带"山东"精神的一个。我们常到崂山去玩，可是我们的眼却望着泰山，仿佛是。这个精神使我们朴素，使我们能吃苦，使我们静默。往好里说，我们是有一种强毅的精神；往坏里讲，我们有点乡下气。不过，即使我们真有乡下气，我们也会自傲地说，我们是在这儿矫正那有钱有闲来此避暑的那种奢华与虚浮的摩登，因为我们是一群"山东儿"——虽然是在青岛，而所表现的是青岛之冬。

至于沿海上停着的各国军舰，我们看见的最多，此地的经济权在谁人之手，我们知道的最清楚；这些——还有许多别的呢——时时刻刻刺激着我们，警告着我们，我们的外表朴素，我们的生活单纯，我们却有颗火热的心。我们眼前的青山碧海时时对我们说：国破山河在！于此，青岛与山大就有了很大的意义。

难忘的山大一年

何炳棣

　　1932 年冬，我因学潮被南开中学开除，跳了一班提前混了个中学文凭，于 1933 年夏考入山东大学，1934 年夏转学清华大学。在山大仅仅读了一年，可是这一年使我终生难忘。

　　在山大我主修化学，抵校后，才知道化学系可能是当时全校最坚强的一系。系主任汤腾汉先生是德国柏林大学博士，并经德国国家考试取得最优等药物化学师执照。30 年代，德国的化学无疑是全世界最领先的。汤先生非常诚恳，不时到一年级定性分析实验室亲切"视察"，回答实验上较难的问题。记得最后几周学习如何化验矿石，从磨粉、溶解以至如何分析无法溶解的渣子，工序和难度都超过清华大一的定性分析。普通化学由傅鹰教授主授。傅是美国密西根大学博士，理论物理造诣很深，尤精胶体化学。他的课要比清华张子高先生所教的普通化学高明得多。幸而那时有高班学长指教私下加读美国大二化学教本，才能在傅先生班上取得高分。傅先生一看就是聪明绝顶的人，对学生要求十分严格，使一般学生不易和他接近。事实上他很幽默，喜欢和同学们谈科学水准和掌故。

除了化学之外，我在山大相当多的时间用在英文上。那时外语系主任是梁实秋先生，他决定将一年级新生（工学院的除外）先作一甄别笔试，然后分组上课。笔试第一名是主修化学的张孝侯，他得力于留美回国的哥哥的多年家中教导。张口语和写作都好，免修大学英文。我考第二名，不免修，分到甲组，教授是泰勒女士（Miss Lillian Taylor）。最不可解的是她明明是美国人，可三番五次地警告我们决不可学一般美国人的发音，尤其不准读出"滚转的 R"（所谓的 Rolling R），一定要学牛津人的"a"。她英文发音和语调是比"皇家英文"都更"英"。多年以后才知道她在 20 年代是美国故意反抗礼教的"女叛徒"之一，这就说明何以她在 20 年代卜居北平，和清华哲学系教授金岳霖同居生女，而不婚。

真幸运，这一年我有充分机会学习地道的英文口语，改进英文写作。记得全班刚刚读完爱尔兰当代第一作家 James Joyce 的 Eveline 这短篇小说之后，她出了作文题目，叫我们写一篇中国的 Eveline。原著中这女孩大概十八九岁，住在首都都柏林，母已丧，父亲是不时发酒疯的工人。她结识了一个跑远洋的水手，两人已有默契，迟早结婚。这次水手回来，坚持两人乘船私奔成婚卜居澳洲。事实上，他已把她说服了，因为无论如何，海外两夫妻小家庭的生活一定会比她目前的生活好得多。可是，直到就要开船了，她仍是半麻痹似的凝望窗外，始终不忍摒弃衰病潦倒的父亲。最后船和汽笛之声都在沉沉暮霭之中消逝了，她才被熟悉的手风琴奏出的凄凉的爱尔兰民歌惊"醒"过来。作文时我只需把都柏林换成胶州湾，把 Eveline 换成一个高密海滨的村姑，其余几乎可以照抄，只是完全用自己的词句。一星期后，泰女士在班上大声地说，全班都把题目做错了，全做成社会伦理的评论了，只有 Mr. HO 写出一篇真正的短篇小说，背景是胶州湾，情调却又有点像 Joyce。

总之，山大这一年，仅就英文训练和进步而言，已是一生难忘的一年了。

大一的国文是游国恩教授主讲。他是江西人，国语很好，学问渊博，讲解深刻动听。可惜我那时精力都放在化学和英文里。由于对游先生印象很深，我离开山大之后一直注意他的行踪，知道他不久转到武汉，最后转到北大。在美国迟迟地才知道游先生原来是《楚辞》的世界权威，我小小年纪在山大时虽然有眼，但还不能体会出这位老师是座"泰山"。难怪牛津大学郝克斯（David Hawkes）教授英语的《楚辞》名满天下，因为郝是牛津古典文学（希腊、拉丁）杰出的学生，50 年代被选派到北大跟游先生长期研读《楚辞》的。30 年代山大中文系还有出名的古文学家丁山教授和清华大学研究院毕业的萧涤非教授，萧是魏晋南北朝文学的专家。此外，赵太侔校长和前校长杨振声先生都是蜚声文艺界颇负时望的。总之，30 年代山大的中文系是有声有色的。可惜我在山大的一年，闻一多先生已去清华，抗战期间我和他同在昆明昆华中学兼课，成为邻居，偶尔从谈话中发现他对青岛和山大具有美好的印象。

那时的物理系，也极有朝气。系主任王恒守非常能干，以个人的热诚吸引住了杰出的王淦昌教授，并抢到由美刚刚回国的任之恭教授。王是清华大学毕业后赴柏林大学深造获博士的。

五六十年代知道他曾任苏联都布纳核子物理研究所副所长，并是祖国成功试验原子弹及氢弹的少数领导人之一。在我的脑海里，他的成功也是山大的光荣。任先生未回国前数年，已经是哈佛大学物理和无线电的专任讲师，那时华人在世界第一流大学任教之后才回国的实在罕见。任先生常和傅先生打网球，我们在房内观看闲谈，无不钦羡，引为山大之荣。

由于年少识浅，那时对其他学系缺乏了解，只知道学校既设在青岛，山大海洋生物方面在国内领先，此外相信其他学系都具有相当水平。短短一年之中的总印象是：山大是自然环境极为优美，已具基础，规规矩矩、认真教研，正在发展，前途不可限量的一所综合性大学。我之所以一年之后即转清华重读一年级，完全是为了长期准备投考中美或中英庚款考试的便利。亲老家衰更增强了我力求尽速争取出国深造机会的决心。

青岛和山大生活值得回忆之处甚多。青岛真堪称人间画境，当一个 16 足岁的我，在 9 月初暖而不威的阳光之下，首次远望海天一色，近看海湾和楼房圈住的海面晶莹得像是一块块的超级蓝宝石，波浪掀起片片闪烁的金叶的时候，内心真是想为这景色长啸讴歌。尚未走到栈桥，阵阵清新而又微腥的气味早已沁人心脾。那些常绿和阔叶树丛中呈现出的黄墙、红顶的西式楼房群，配合着蔚蓝的天、宝蓝的海，形状和彩色的和谐，真应是法国印象派画家们描绘的理想对象！ 1985 年夏重访青岛，海天依旧，大部建筑都已陈旧了不少，原来楼丛中出现了一些解放后所建灰暗的大砖楼，正如北京北海五龙亭外大而无当的灰楼群一样，部分地、无可补救地破坏了原有色调的和谐。

30 年代山大膳食的物美价廉，至今令人艳羡。我包了教职员的伙食，好像是每月 8 元，每日三餐，午晚两餐比一般饭桌多一个大菜，肉类充足，常有海鲜对虾。早晨可以另自出去吃豆浆、烧饼、油条。胶州的大白菜和大葱是驰名全国的，唯一美中不足的是饭后无法去阅览室看报，因为那里照例是蒜味熏天。

男生宿舍是 8 人一大间，同屋有廷荣懋（改名廷懋，内蒙古军政首长之一），郭学钧（改名林钧军，80 年代初任北京图书馆副馆长）。同班有王广义（改名路宾，80 年代初任北京大学第一副校长），袁乃康（中国科学院成都分院副院长，已退休）。女同学中郑柏林最诚恳、最用功，难怪她自新加坡回国后成为著名的海洋生物学家，英文版《中国建设》中曾刊过专文介绍赞扬她的教研成果。其余有成就的校友还不少，不能一一列举。1981 年 10 月我回国参加辛亥革命 70 周年纪念国际学术讨论会，武汉宴会坐在湖北省省长韩宁夫的右手边，才发现他是 1935 年秋入学的山大校友。郭学钧在京面告："七七"抗战以前，凡是山西到山大"留学"的，每人每年都得到阎锡山 200 元的资助。根据这一重要史实，再参照以上我所做的欠系统的、主观的，但绝非无据的杂忆和评述，不难想见解放前山大在全国高级学府中应占的地位。

我在山大的一年，是我一生英文进步最猛的一年，是我身高达到极限的第一年，是广义教育行万里路的第一年，由于青岛大自然的号召，又是我一生"美育"开始的一年。如此关键性的一年，确是我终生难忘的一年。

忆杨今甫

梁实秋

杨振声，字金甫，后改今甫，山东蓬莱人，五四运动时肄业北京大学国文系。著有中篇小说《玉君》，白话诗亦偶有尝试。今甫身材修长，仪表甚伟，友辈常比之于他所最激赏的名伶武生杨小楼。而其谈吐风度则又温文尔雅，不似山东大汉。在五四时代的文人中他是佼佼者之一。毕业后不久，得南洋兄弟公司主人资助游学英美，返国后即在燕大教书。

民国十九年夏，今甫奉命筹备国立青岛大学，到上海物色教师，我在此时才认识他。有一天他从容不迫地对闻一多和我说："上海不是居住的地方，讲风景环境，青岛是全国第一，二位不妨前去游览一次，如果中意，就留在那里执教，如不满意，决不勉强。"这"先尝后买"的办法实在太诱人了，于是我和一多就去了青岛，半日游览一席饮宴之后我们接受了青岛大学的聘书。今甫待人接物的风度有令人无可抵拒的力量。

青岛大学是新设立的，那地方有山有水，校址是从前德国的万年兵营。万年山麓气象不凡，学校一切皆在草创，人事设备可以自由安排，没有牵制，所以应该可以办好。今甫是山东人，出身北大，又长于适应，是理想的校长人选。筹备主任是名重一时的蔡孑民先生，声望所及，更应该是无往不利。不过青岛大学也有先天不健全的地方，名为国立，而经费出自山东省府，并有市府协款，一个儿媳要伺候两个婆婆，于是今甫苦矣。

……

今甫在校长任上两年，相当愉快。校长官邸在学校附近一个山坡上的黄县路，他和教务长赵太侔住楼上，一人一间卧室，中间是客厅，楼下住的是校医邓仲存夫妇和小孩，伙食及家务均由仲存夫人负责料理。今甫和太侔都是有家室的人，但是他们的妻室从不随往任所，今甫有一儿一女偶然露面而已。五四时代，好多知识分子都把原配夫人长久地丢在家乡，自己很洒脱地独居在外，今甫亦未能免俗。

今甫善饮，尤长拇战，挽袖挥拳，音容并茂。每星期六校务会议之后照例有宴席一桌，多半是在顺兴楼，当场开绍兴酒三十斤一坛，品尝之后，不甜不酸，然后开怀畅饮，坛罄乃止。我们自封为"饮中八仙"。此外送往迎来以及各种应酬，亦无不出于饮食征逐的方式。有一次胡适之先生来，下榻宋春舫先生主持的"万国疗养院"，今甫出面邀宴，胡先生看到我们轰饮作乐的样子，惊慌不已，连忙戴上胡太太送给他的刻着"戒酒"二字的金指环，当作挡箭牌。今甫除了酒外没有什么嗜好，有时驱车到汇泉坐坐，或是崂山走走，或是到第一公园赏西府海棠日本樱花之类。他对于书画却一往情深，和精通艺术的邓叔存一向交谊很厚，对故宫收藏书画多所观摩，遂养成颇为优秀的鉴赏能力。

......

民国二十年"九一八"事变爆发，扫除了我们的癫狂酒兴。翌年平津学生发动南下请愿，各地响应，青岛大学学生不甘落后，教授中复有不良分子推波助澜，于是学生罢课，不听劝导，占据火车强行南下。……校方最后处置是开除学生三十余人，解散成立不久的教育学院，而今甫亦引咎自动辞职。今甫是彬彬君子，不善钩心斗角，对任何人皆无疾言厉色，事变之来如疾风暴雨，其衷心苦闷可以想见。

......

由此可见，今甫表示辞职主要原因是与省方不洽。其实教育厅厅长何思源先生是他的北大同学好友，不该有什么芥蒂。今甫曾很微妙地称赞何思源，说他善于做官。做官就不能不坚持官的立场，私人间友谊所能发生的作用自然就有其限度了。今甫属于名士类型，与官场中人不可能沆瀣一气。不久，今甫果然去职，结束了他两年校长的生活，太侔继任。今甫私下对我说，校长一职一定要让太侔，因为对于他正在进行中的婚事将有决定性的助益，事实证明他的所见非虚。

此后数年今甫卜居北京，好像没有担任什么公职……在北平这一段期间，虽然时局险恶，今甫的生活却甚适意。……抗战胜利后，我不知今甫云游何处。1949年以后，听说今甫仍在北平，越数年以胃疾病逝。今甫长余约十岁，风流儒雅，世罕其俦。

海——回忆一多先生

臧克家

青岛，就是单单从这个名字上看，也是很有诗意的。坐在青岛大学（成立两年以后，又改名山东大学了）教室的座位上，一歪头，就可以从红楼的红瓦和绿树叶间看到海；从石头楼的寝室里，午夜醒来，就可以听到海；从潮润的风里，从早晚的烟雾里，从鸥鸟的翅膀上，随时可以感觉到海的存在。

第二宿舍背着一座小山，山上有废了的炮垒，是当年德国人遗留在这里的，山与宿舍中间有一条黄土大道，它可以领着你到第一公园去看樱花，到汇泉浴场去洗海水澡。在这条大路的右首有一方红楼，一个大院子，一多先生就在这座红楼里住过。

出了挂着"青岛大学"牌子的校门，有一条大路直通到海滨去。晚上八九点钟，海滨公园的柏油路上，已经静悄悄的了，从这里望过去，只看见微风吹动着路旁的绿树，再就是路灯有点寂寞地亮着。有一个人，或是两个人，坐在长凳子上听海涛，望着"小青岛"上那一明一暗的灯塔。青岛大学大门对面的大学路上，一座又一座的洋楼排列在那里，其中有一方红楼，和校门斜对着，1930 年左右，一多先生和他的家人就住在这座红楼里边。

一多先生是很爱海的，在《死水》的第一篇诗上，他写着："我爱青松和大海。"

一多先生是很爱海的，记得第一堂作文，他给我们出了一个题目：《海》。

一多先生是很爱海的，但我很少在海滨碰到他，他常常在教室里，在文学院办公室里，作为他的学生、他的朋友、他的助手的陈梦家常常陪他在一起，下课或是办公以后，他便常带着他那头蓬乱的头发，那身长衫，曳一根手杖匆匆地回到他的书房去了，那里也是一个海——精神的海。

青岛虽然像诗一样，但是青岛时代（1930~1932）的一多先生却没有诗。这没有，也不是绝对的，在这个时期的《诗刊》上，就刊出了一多先生的一篇长诗《奇迹》，写的仿佛是抽象的爱情，记得起句是：

　　我不要火齐的红，

　　或半夜桃花潭底的黑。

而以"带着一个圆光的你"结了尾。

记得徐志摩在编后里特别提出了这首诗，说是一多先生久已不鸣了，一鸣就很惊人的！《死水》之后，一多先生没有再出过诗集，这篇长诗也就在这个渺茫的人间流落了。

一多先生为什么没有诗了呢？

我看，可以从下面三点上去找出原因来：

这个时期，一多先生对于诗的成就和要求都是很高的。这个要求，特别是在艺术的水准上。但这不是说一多先生对于内容的意义一点也不管，他要"严肃"，这当然是对人生说的，可是这"严肃"又缺乏了具体的内涵。因为他要求过高，对于别人的东西就不大容易首肯。

一多先生这个态度，并不是对别人作品一律看不起的自我夸大，对于自己的作品也是一样的。我在他面前提起《红烛》，他马上显得不安起来，仿佛有一片红云从他的瘦脸上掠过去了。

"不要再提它了，不要把它放在我的名下了，我已经把这个不成器的儿子过继出去了。"

对于过去作品的追悔，增加了他写作的谨慎。可是，在"谨慎"严格的监视下，新的作品便难产了。《死水》在当时，无论如何是有了很高的评价和影响的。一多先生自己也显然很爱他的这一本诗。这是一集精心的结构，无论在意义的严肃上，形式格律的创造上，以至于订装和图案的设计上。对于别人和一多先生个人，《死水》是一个高峰，怎样爬得更高些，而使这个高峰又在其下呢？

显然，一多先生在"沉默"了。

还有，一些社会偏见也多多少少杀死了，至少是冰结了一多先生诗创作的兴头。在我跟着一多先生的那些日子里，总是劝说他，鼓励他，挑逗他的诗兴，他常是怅惘而又带点凄然的味道说："已经有你们写了，我写不出什么东西来了。"这话虽然很简单，但我觉得它含有很多的东西，这些东西到底是什么，我也说不出来，只是在听了一多先生的话以后，心下起了一种凄凉的感觉。"七七"事变头两天我到清华园里去看他，虽然是一别六年了，见了面我还没忘记点燃他的诗情。当然，这已经是无望的了，他这时候从古诗的研究又钻到古文字和神话里去了。看到他那满架满桌的线装书，我就气短了。这时候，除了"一两个朋友的诗"以外，他简直和新诗绝缘了。当我很贸然也很勇敢地劝他再写诗的时候，他说出了使我惊奇的话：

"还写什么诗！'新月派'，'新月派'，给你把'帽子'一戴，什么也就不值一看了！"

到这时候，我才恍然于一多先生的不写诗还有这样一个苦衷在里边，我——"恍然"之后，跟着就来了一个"凄然"。

当然啰，一多先生新诗的绝产，最重要，最基本的，还是应该归结到他的生活上去。他爱海，他住在海滨上，但他并不去看海；他住在红楼上，大院子里，但他并不去看庭院的花花草草；一间书房，几架子书，这才是他的生活和生命，这才是他的一切，也可以作为一切的说明。诗是离不开生活的，在生活萎缩的时候，诗，它也萎缩了。《死水》之所以成为一件经得起磨炼的艺术品，并不全在乎多种形式的试探和"豆腐干"式（这是当时一般人给一多先生的诗型特别制造的一个名词）的严格，而是源于《死水》里另外还有一些更重要的东西———一个诗人对于祖国的热爱，由于热爱而失望，由于失望而顿足捶胸；对于在国外洗衣服的同胞的同情，对于卖樱桃"老头儿"的怜悯；对于"天安门"外学生遭遇的不平，对于"一湾死水"未来的想法（"不如让给丑恶来开垦，看他变成个什么世界！"）——保证《死水》价值的是这一些，是诗人一多先生对生活的爱与憎，对祖国期望焦灼的一颗血淋淋的心！他太爱自己的国家了，因为他在外国有着太多痛苦的经受；他太爱自己的同胞了，因为他自始至终就是一个"有火气"，有热情，有正义感的人民同情者。这一点，并没能够使他得到谅解，反被加上了这样派、那样派的头衔，起初一多先生虽然没讲到这一点，我猜出他的内心一定是很痛苦的。可是，我们也该给社会人们的观感以原谅，一多先生那时候的"朋友圈子"和"文艺圈子"，使人往这方面想的可能性太大了。其实，我很清楚。一多先生对于胡适和徐志摩，就对我说了许多话，也可以说是发了许多牢骚。一多先生对于《新月》月刊的态度和徐志摩的生活态度，表示了极大的不满。一多先生的生活态度和对人生的态度，始终是：严肃，认真，刻苦，努力去追求的。但是，当个人的生活不能够和时代沟通，不能够和多数人联结的时候，思想便成了没有血肉的东西，热情也只有落空了。何况，一多先生生活过来的时代是多么轰轰烈烈，和一多先生同时代的文艺巨人又是如何随着时代改变了自己，站在人民的前头举起了文艺的大旗——这事实，直到一多先生临牺牲之前二三年，才追认了的。这追认是多么勇敢，多么雄壮，多么悲痛，多么值得我们学习的啊！

在动荡的大时代里，一多先生把自己关在书斋里；在整个中国急剧蜕变的时候，一多先生在唱着："秩序不在我的能力以内。"（《闻一多先生的书桌》，见《死水》末篇结局）虽然一多先生要的不是"咫尺之内的和平"，到底四堵墙壁把他和世界隔绝了。因而，在他的思想失掉了具体内容的时候，他的人也就成了找不到出口的一座火山，因而，他也就没有诗了。

海滨时代的一多先生虽然没有诗，但他却没有脱离开诗。他是包围在诗的气氛里的。他在研究杜甫，夜以继日地工作着，"目不窥园"地工作着。他给我们讲唐诗，讲英诗。除了杜甫，他对孟郊很推崇，从这里可以看出一多先生对诗和对生活的态度来。他给我们讲雪莱，讲拜伦，讲济慈，讲华兹华斯，讲柯尔律治和白朗宁，对于最后两位，特别是白朗宁，他仿佛有着更多的喜爱似的。关于克普林，一多先生没有给我们讲过，但他有他的一部大诗集，他也许喜欢他，或者喜欢过他？这本书我借来了，后来一直就放在我手头上。1932年暑假，我试译了朗斐罗的一篇不短的诗，连原文也一并抄了附在信里寄给一多先生，他回信说："你这么用功，连原文都抄了来，很使我感动，可是，如果你早告诉我，我一定劝你不要译了。"这个表示很明白，一多先生对这首诗，或对这个诗人没有兴趣。

在《名著选读》的讲义上，选了一篇阮大铖的诗，一多先生对这篇诗似乎颇有好感，这使我有点惊异。至今我还记得他讲到"始悟夜来身，宿此千峰上"的那兴致盎然的样子。

他也给我们讲龚定庵的诗，但不是那"我劝天公重抖擞，不拘一格降人才"的新颖豪壮的作品，而是"唯恐刘郎英气尽，卷帘梳洗望黄河"的斗志消磨，专伺眼波的爱情诗。从他个人对诗的爱好与编选标准上，可以看出他当时的思想情况和艺术观点来。

一多先生很爱才，对于独创性的意见，十分重视。我们同班的一位同学，对某一首唐诗有自己的看法，并把这看法告诉了一多先生，一多先生有一次和他一道坐茶馆谈论这首诗。到了上唐诗课的时候，他点名叫这位同学，说："你上来讲！"全部同学，都为之惊喜。从这里可以看出一多先生对学术研究的严肃认真，择优而从，虚怀若谷的态度。

一多先生几十年埋头钻研古典文艺，但从不向人夸示，他对我说："有些人未做就先说，或说了不做。我是做了再说，或者做了不说。"这种精神，令人钦敬。

一多先生虽然自己不写诗了，但对于别人的诗还是喜欢读的。梦家的诗，他是原稿最先的读者和鉴赏人，我有时去找一多先生，他很高兴地（从脸上就可以看出，在那个时间，学者一多先生，让给诗人一多先生了）在拉抽屉，一面说："梦家写了篇诗，很好。"以后，他便抽出了他的"红锡包"，让我也吸上一支，以后，便读着，谈着，屋子里一片诗的空气在荡漾了。

我的《洋车夫》和《失眠》，他给拿去发表了，这是我正式发表诗的一个开头。以后，我的《老哥哥》（一多先生给我们讲过罗斯蒂的 Sister Hellen，我就仿照了那个形式写了《老哥哥》）、《申女》《贩鱼郎》《像粒砂》……都经他看过。我怀着一篇新作走向他那座红楼去的时候，怯懦，希望，轻微跳着的一颗心，那情景是多么美好啊。

一多先生时常向我提出"诗无达诂"这句老话来。一篇诗，不拘死在一个意义上，叫每个读者凭着自己的才智去领悟出一个境界来。被领悟的可能性越大，这诗的价值也就越高。一篇顶好的诗，仿佛是一个最大的"函数"。一多先生有一次拿了梦家的一篇诗——《萤火》来做例子。他说："深夜里，这点萤火，一闪一闪的，你说这是萤火吗？但它也可以是一盏小灯，一点爱情，一个希望……"

一多先生对于诗的看法，是和他那个时期的生活调谐着的。思想、情感没有执着在一个固定点上，对于诗，也就没法要求明确和坚定不移了。

虽然，海滨两年，一多先生并没有诗，但一多先生的精神却是一个大海，在极端严肃而静穆的状态下，他无声地容受着，涵育着，酝酿着。

一多先生，这个大海，他在等待着一个大时代的风暴的到来呵！

忆何作霖教授

王　昶

何作霖教授是我国地质学界的知名学者和老前辈，是山东大学地质矿物系的创始人，也是我学习地质矿物的启蒙老师。现就我印象中较深的几件事回忆如下：

1947年6月2日，青岛山东大学掀起了反饥饿、反迫害斗争，进步学生纷纷上街游行，抗议国民党当局的黑暗腐败。那天，山大学生的游行队伍刚刚走出校门，就遭到了国民党当局军警的阻挠与镇压。他们对手无寸铁的进步学生大打出手，还逮捕了大批学生。我当时在学校外围担任前哨，执行在外组织营救被捕同学的任务。当我返回学校联系工作时，地矿系的工友就来找我，让我马上到何主任办公室（何教授当时任系主任），有要紧事。我急忙跑到何主任那里，他对我说，校务会议提出要逮捕一些进步学生，让我和那些同学立刻离开学校。我很快将消息告知有关同学，大家立即离校，宿在校外，避免了当局的逮捕。

山大地质矿物学系是抗战胜利后新成立的，师资和设备均有待充实。何教授除处理行政事务、开展科研工作外，为了能使教学计划按期进行，师资力量不足的课目也由何教授亲自讲授。我在大学一二年级时，何教授就曾给我们开过普通地质、普通矿物、光性矿物学、岩石学等主要课目。就光性矿物这门课而言，如果授课老师缺乏学术造诣和授课技巧，学生听起来就会感到晦涩难懂，索然无味。而何教授凭着自己对光性矿物学深厚的研究功底和丰富的教学经验，把课讲得概念清楚，脉络清晰，深入浅出，易于使人接受。何教授不仅本人对学术持严谨态度，对学生要求得也很严格。对于违反操作程序的操作，哪怕很微小，都及时给以指正。光性矿物学是一门实验与理论教学结合相当紧密的学科。所以做实验是必不可少的，进行实验时，经常使用偏光显微镜，这是一种精密的光学仪器，它具有严格的操作步骤和方法。一次，我在使用偏光显微镜时，因操作方法不当，而得到了何教授及时的指正。正是何教授当时的严格要求，使我至今对偏光显微镜的正确操作方法牢记在心，使用起来得心应手。

地质学离不开野外实习，何教授对野外实习十分重视，所以，他总是亲自带队。1949 年山东刚解放，各方面百废待兴。野外实习多设在农村，农村的吃住条件非常之差，但何教授也总是亲自带队出发找矿。在野外他从不以车代步，总是和同学一样跋山涉水，同吃同住，从不叫苦。由于他为同学做出了榜样，所以，同学们在野外艰苦的工作环境下，能够认真地把课堂所学的地质矿物知识应用于实践当中。在何教授的指导和同学们的努力下，我们找到了山东莱芜铁矿。何教授在从事科学研究工作方面撰写了大量科学论文等。在他早年的科学论著中，就对现在的白云鄂博岩作出了定名和论述。他是这一领域的奠基人之一。

1947 年，国民党统治区物价飞涨，民不聊生，上午可买一袋面的金圆券，到了下午就又贬值了。我们班级有 4 名同学的家不在青岛，经济拮据，生活困难。何教授知道后，慷慨地解囊相助，将自己家里为数有限的面粉，交给食堂作为伙食费。除了经济和物质上的帮助，何教授夫妇还经常询问我们是不是想家，以及对学问的看法等，这对我们的精神上也是一种给养。

何教授以自己的实际行动为我们学生做出了好榜样。

旧青岛的大学

易　青

青岛最早的大学是青岛特别高等学堂，时人也有称之"德华大学""黑澜大学"的，校址在今天的青岛铁路分局和铁路医院。这所大学由清政府与德国联合创办。1908 年 7 月 8 日两国商定，在青岛开设专门大学堂。次年 6 月 29 日，学部正式奏议设青岛特别高等学堂于青岛，得到批准。9 月 12 日，该校开学。开学时招生 60 余人，校内最多时有 400 多学生，其中毕业 200 多人。学校分预科班和高级班，预科习普通学，高级习专门学，设法政科、医科、理工科、农林科。该校 1914 年因日德战争停办。

私立青岛大学创办于 1924 年。这一年，曾出任北洋政府教育总长的高恩洪当上了胶澳商埠督办，发起组织私立青大。开办费由校董事会募集，经常费由督办公署及胶济铁路局补助。校址选在德人修建的俾斯麦兵营（今海洋大学校址）。不过这里当时为军队驻地，驻军反对搬迁。官司一直打到执政的直系军阀吴佩孚那里。经吴裁定，该地房舍用于办教育，私立青大遂于 1924 年 8 月成立，9 月 20 日开课，高恩洪自任校长。该校设工科、商科，首批招生 80 人，后增设铁路管理科。直系军阀失势后，该校失却靠山，改由山东省议长宋传典继任校长。因经费紧张，学校只能苟延残喘，至 1928 年 5 月停办。

1930 年国立青岛大学在青岛开学。1929 年 6 月南京政府教育部下令改国立山东大学筹委会为国立青大筹委会，收用私立青大校产，筹设国立青大。1930 年 6 月任命杨振声为校长，9 月 21 日开学，首期招生 176 人。学校的青岛本部设文理两院，在济南设农事试验场和实习工厂。文学院分中文、外文、教育 3 系，理学院分数学、物理、化学、生物 4 系。1932 年 9 月 30 日，赵琦继任校长，国立青大改称国立山东大学。这所大学虽建校较晚，但由于先后聘任闻一多、梁实秋、沈从文、洪深、老舍、童第周等著名学者任教，声誉较高。1937 年 10 月因抗战，学校奉令内迁，随后合并停办。此前该校共培养毕业生 822 人。

1946 年 1 月，教育部委派赵琦代理山大校长，筹备复校，次月正式任命其为校长。复校后的山大于同年 10 月 25 日开课，设文、理、工、农、医 5 个学院，14 个系，教职员 300 多人，学生千余人。

青岛历史上的博物馆

易 青

青岛最早的博物馆设立于 1909 年。是年，德华大学在青岛开办，学校设立了一所教学实验器材陈列馆，这是一所为教学服务的博物馆。此时中国科学技术非常落后，入校学生对科技没有多少感性知识，学者难，教者也难，故校方设立此馆，陈列了许多机器模型、技术装置、仪器用具，供学生观摩实物，开阔眼界。

同年，胶海关创立了一所海关博物馆，陈列数量相当可观的山东土特产品和外国货物。陈列的进出口产品均标出产品、价格、进出口数量等。该馆主要服务于进出口贸易，为交易双方展示货样，提供有关的资料。另外，该馆也搜集、陈列了青岛本地工业品和中国历代的瓷器等物品。

1916 年，日本当局在青岛建立了一处商品陈列馆，这也是为经济交流服务的博物馆。该馆 1919 年进行了扩建，展品主要是山东出产的物资，如工业产品、农作物、矿物产品等。

1930 年，中国海洋研究所筹委会在青岛成立，该组织委托观象台设计建设一座水族馆。次年1月工程动工，1932年4月竣工，5月8日正式开展。馆楼宛如城堞，为中国城楼式建筑，颇具特色。馆内设活动海水玻璃展池18个、标本室4个及研究室、解剖室、陈列室、养鱼池，展品主要是海洋生物。当时没有保温设备，每到冬季活鱼即死亡，只能闭馆。等到第二年开春后，再捕捞新的海洋生物，重新开馆。

1935年，青岛农事试验场在场内设农产陈列馆，陈列本市主要农产品及各种标本模型，供附近农民参观，以改进农业技术。

1938年，日本再次占领青岛。日人浅田龟吉霸占了1936年12月落成的海滨生物研究所房产，将这座位于水族馆东面的中国宫殿式建筑物改办山东产业馆。该馆陈列山东及华北的地理、交通、农、渔、工、矿等方面的模型，其中有火山喷发、采金、海潮、采煤等模型和各地经济产业模型。浅田从日本延聘了47名学者，在这里苦心研究华北的各种资料，为日本经济侵略服务。日本投降后，该馆焚毁的大批研究资料足足烧了两天。国民党当局接收该馆后，改名为市立博物馆山东产业部，于1946年4月1日重新开放。馆内收藏标本394件、仪器79件、模型36件。

旧青岛的博物馆多为产业、自然博物馆，一直没有建起一座全面反映青岛特点的博物馆。

我与青岛观象台

王彬华

1934 年至 1937 年，我在山东大学物理系读书，当时的物理系分两个组：一个是物理组，一个是天文气象组。我在天文气象组，这样就要在物理专业的课程之外，加学天文气象方面的课。教天文的老师是青岛观象台特约研究员、曾任上海佘山天文台台长的李珩先生，教气象的是青岛观象台台长蒋炳然先生。当时山大设在青岛，我们便因其便利，得以到设在观象山上的青岛观象台实习。

青岛观象台在当时是国内知名的自然科学研究机构。它原本为德人于 1898 年所创建，迨 1924 年始由我国收回，著名科学家蒋炳然先生奉命掌台。在他的领导下，青岛观象台人才济济，成果迭出，不独在中国，即在亚洲乃至世界均有相当影响。我做山大学生在此实习时，正是青岛观象台的鼎盛时期。它设有天文、气象、地震、地磁、海洋诸科，仪器设备完整先进，学术气氛浓厚。我主攻气象，故多与搞气象的人接触，在实践中学到了许多书本上学不到的东西。天文实习多在夜里，我们透过望远镜探索太空，描绘太阳黑子，观察星星等，有时到深夜一两点钟才回校就寝。

蒋炳然先生及观象台诸人，对我们做学生的十分友善，学问上亦循循善诱。故我对于蒋、李两先生始终敬佩，亦终生得到其帮助提携。

1937年抗战爆发，山大随政府西迁至重庆，并入中央大学。我等经一路颠沛流离后，于1938年4月到重庆，经一番周折，始进入中央大学读书。1939年我从中央大学毕业后，分别在重庆、成都等地做事。再回青岛，已是抗战胜利以后了。抗战期间，青岛沦入敌手，青岛观象台为日本军队接收，工作人员全为日本人。1937年青岛沦陷前，蒋炳然先生曾欲将观象台之仪器装箱南运，因交通阻断，未能实现。据说，日军占领后，曾想将珍贵仪器运往日本，由于种种原因，未能实现。

日本投降后，青岛观象台先由国民党海军接收，后转交给国民党青岛市政府（因观象台原为地方建制，非军事系统）。政府派去2人管理事务工作，另外，留下日方技术人员3人，维持记录。

当时我在重庆，1945年9月奉命接任青岛观象台台长，由于交通梗阻，延至1946年1月6日才到达青岛。经面见市长李先良之后旋即到台，与台上留守的2位中国人和3位日本人见面，并交流了对当前工作的考虑和安排意见。1月8日，我正式到职，当时我刚刚31岁，精力充沛。

战后的观象台，满目疮痍，回想抗战前的盛况，令人不胜惋惜。面对这种情景，我决定先行恢复，再图发展。首先清查仪器，及早进行维修和安装，其中重要仪器如天图式大赤道仪20厘米及30厘米望远镜头遗失，查出后，于1946年1月12日运回本台。

抗日战争期间，青岛观象台工作人员都是日本人，没有一个中国人。我是一个人来接管观象台的，急于开展工作，首先招收了一些高中毕业生跟随日本技术人员边工作、边学习，同时，我为他们讲些专业知识课。这样，工作纳入了正轨，并逐渐增加了一些新的设备。从 1946 年的 3 月 1 日起，恢复了每小时的气象观测记录。同年 7 月，开始发布天气预报和每日 3 次（东经 120 度、标准时 6、12、18 三次）的电笛报时，同时，恢复高空气象观测。8 月，先后修复子午仪室和地震室，并进行子午仪等高仪观测和地震仪记录。12 月，修复了小赤道仪，8 日夜，进行了月食观测。大赤道仪室于 1947 年 2 月开始观测。海洋方面，首先检查位于大港一号码头的验潮站，恢复记录；1947 年的青岛港潮汐表也于 1947 年 12 月编印出版。此后，逐渐开展了水温等观测记录，并购置新型设备，开始做海洋化学和海洋生物的分析研究。

青岛水族馆从 30 年代建立起即隶属于青岛观象台，抗战胜利后，市政府令我兼水族馆馆长。该馆在抗战期间破坏严重，经日夜抢修并搜集珍奇鱼类，于 1946 年 7 月 1 日正式对外展出。

观象台恢复期间困难重重，我深感力不从心，有意让贤。当时，蒋炳然先生已来青岛，在山东大学教书。他勉励我说："你现在的困难比起我当年所遭遇的，算不了什么。"他对我讲了这样一段故事：北伐战争时，青岛在北洋军阀统治下，因观象台接收广州、福州等南方各地的气象电报，军阀竟以"私通南洋"的罪名把蒋先生抓了起来，判了死刑。幸经文化、科学各界人士联合请求并说明情况，才幸免于难。

1948 年，青岛观象台庆祝建台 50 周年时，蒋先生已去台湾任台湾大学教授。我将《青岛观象台五十周年纪念特刊》（以下简称

《纪念特刊》）寄给他。蒋先生收到后深有感触，曾给我写来一封信并附感怀诗一首。我拜读后步原韵和之，今录此，并作纪念。

蒋先生原诗：

高耸层台入望遥，

当年日日此登楼；

抛将心血成陈迹，

赢得浮名愧白头；

惨淡经营惊破碎，

从容恢复费筹谋；

皇皇巨册闲披览，

往事依稀眼底留。

步原韵唱和：

山自青葱径自幽，

念年往事忆登楼；

挥毫但见风云变，

对镜难穷宇宙头；

一代宗师精设计，

千秋大业庆宏谋；

残篇待辑烽烟里，

劫后层台共我留。

（注：唱和诗中的三、四句分别说明天气预报和天文观测。）

自我做科学工作以来，一直重视科学资料的收集和保存，认为这是从事科学研究的基础工作。青岛观象台自 1898 年建台以来，已存有 50 年的科学资料，实为珍贵，应及早加以整理，既免于散失，又利于后人检索。因此，在我任职期间，观象台曾出版了定期刊物《气象月报》《天文半年刊》《海洋半年刊》《潮汐表》和不定期的《学术汇刊》等刊物以及《月及月食》等专门著作。青岛观象台工作走上正轨后，我决定于 1948 年 3 月 1 日青岛观象台建台 50 周年之前，将全部有价值之资料汇集成册，印刷发行，作为纪念会上的珍贵献礼。

1947 年初，由我亲自主持成立了编纂委员会。青岛观象台下设 3 科（天文、气象、海洋）、4 室（会计、统计、人事、秘书），各科室分头组织人员查阅资料，编辑整理。全台 30 余人，几乎都参加了此项工作，由我总其事。全刊框架确定以后，各部门分工负责。资料编辑就绪，陆续送出印刷。到 1948 年 3 月 1 日举行纪念会时，与会人员都拿到了样本。《纪念特刊》分"序言、影集、珍迹、概况、译述、文艺、剪报、纪事、资料"等 9 大部分，汇总了青岛观象台建台 50 年以来的主要观测资料与工作成果，真实地反映了观象台 50 年来的发展过程和各个过程的艰辛业绩，并在此基础上，提出了今后事业的前景与展望。

《纪念特刊》中有 1898 年 3 月 1 日德人所做的观象台的第一份气象记录。这是该台的开端记录，极足珍视，故我将其照相印于卷首。

为扩大影响，我们约请了当时各界名人为《纪念特刊》题字，多数人均以为学术研究机构题字为荣，故乐意为之。此外，请市长李先良写了一篇序。（说到这里附带说明一下，我原名王华文，字彬华，当时在观象台用的是名。同时，山东大学聘我去教书，聘书上用的是字。以后我离开观象台，专职于学校教学工作，便以字为名了。）我以台长的名义写了《青岛观象台五十周年纪念感言》一文，对于我主台后的工作进行了总结，并提出今后展望。《纪念特刊》在编印过程中极费周折，不到 1948 年 2 月 29 日午夜12 时，拿不到 50 年来的最后一次记录，便得不到 50 年来的完整资料，也无法做出各种记录的平均数字，所以印制时间极紧。当时物价暴涨，印刷材料极其匮乏，经全台同仁及印书馆之全力奔走，方于 1948 年 11 月装订成册。

1949 年 6 月 2 日青岛解放，当晚，青岛市军管会即电话告我：翌日派代表来台。第二天上午，军代表王景宋带一警卫战士到了观象台。王为人和善，工作细致，生活俭朴。我们共同工作的一段时间里，他使我对于当前政府关于科技方面的政策，有了比较清楚的了解。后来，青岛观象台改归海军建制，我仍留台工作，同时，也是山东大学的专职教师。直到 1956 年我才离开观象台，专职于山东大学的教学工作。

这里需要补充说明一下，1946 年我任青岛观象台台长之后，同年秋季，兼任了山东大学农学院气象学教授。青岛解放后，山大物理系恢复气象组，我转到物理系改为专职。1952 年山大海洋系成立，气象组并入海洋系，我任海洋系气象学教研室主任。1956 年海洋系新设海洋气象专业，我任海洋系副主任。从此，离开了服务 10 年的青岛观象台。

抗战胜利后的青岛报业

王逸民

1945 年抗日战争胜利后，青岛报纸呈现出一片畸形"繁荣"景象。战前的报纸忙忙碌碌地准备复刊，一些权势人物更积极地创刊新的报纸，并接收了敌伪时期留下来的《新民报》和日本人的《兴亚新报》的机器设备。旧报纸复刊的有《青岛时报》《青报》《平民报》《公言报》《光华日报》等；新报创刊的有《民言报》（后改为《青联报》）、《青岛公报》（后改为《联青报》）、《军民日报》《民报》《大民报》（《平民报》的另名）《青岛健报》《青岛晚报》《扫荡报》《大光报》《大中报》等。在这些报纸中，有的发刊不久就无声无息了，有的大报改小报，时出时停。站得住脚、内容比较充实的为数不多。现将《民言报》《青报》《军民日报》《青岛时报》《青岛公报》《平民报》等几家大报和《民报》《大光报》《大中报》等几家小报作一简单回忆。

《民言报》社址在上海路（今文化宫图书馆），社长是杨天毅，总编辑薛心镕，主笔王仲方、刘梓林、王逸民；编辑主任王剑鹏、赵荫华；记者有李欣放、唐一民、刘佑文、杨金纲、李箴吾等。除了发行日报外，还有晚报和英文版，即所谓"日出三刊"。在当时来说，无论是编排内容，印刷质量或销行份数，在青岛同行业中都是第一流的。《民言报》的社址最初是在日人长谷川清的山东每日新闻社。原是按照办报的需要设计修建的，精心安排了社内各部的位置，如社长室、会客室、营业部、编辑部、礼堂、电台、工厂等都很科学，工作起来非常方便，这也是其他报社所不及的。

杨天毅来青岛，并不打算办报，是想开一个大规模的正中书局。因为抗战虽然胜利了，内战烽火又起，使他无法实现这个愿望，所以只好把精力集中到办报上。他有学识，有魄力，知人善任，所以得心应手。

解放前的青岛，已经是一个孤岛，火车最远只能通到兰村。市内煤炭缺乏，电厂连夜间照明用电都保证不了，工业用电自然更谈不上了。没有电，也没有办法印报。杨天毅在印刷工人的协助下，把吉普车开到轮转机旁，用皮带连接在车上，带动轮转机运转，照常印报。

当时青岛有 3 家晚报：一是《民言报晚报》，一是《青报晚报》，再是没有日报只出晚报的《青岛晚报》（社址在吴淞路）。从报纸内容和发行份数来看，《青报晚报》和《青岛晚报》都不及《民言报晚报》，它无论国内外或本市新闻以及副刊文章，都很短小精悍。同时也因为有合众社、美联社、路透社的电讯，比起官方的中央社电讯更能吸引读者。因为《中央社》是国民党政府的御用宣传机构，读者对它所报内容的真实性在某种程度上是要打折扣的。

《青报》的社址在聊城路 116 号。它的前身是战前的《新青岛报》，社址在费县路，是邢冠洲和姚公凯共同经营的，据说邢的投资比姚多。青岛沦陷前，他俩把一部分机器设备藏在滋阳路一个朋友家里，邢跟着沈鸿烈去了鲁中南，姚就去了大后方。胜利后，姚以中统局特派员身份回到青岛。他是湖南人，与军方较熟，本身又是黄埔军校十六期学生，而且还是青洪帮的头面人物。他在聊城路复刊了《新青岛报》，改名为《青报》。他和邢分任正副社长，经理是翟吉甫，总编辑前是聂仲元，后是王逸民；编辑有陈少白、侯玉亭、李仲传（李萼）、龙国屏等；记者有于宝诚、常青、苗恩桐、刘计春、吕兆琛等。该社同时还发行《晚报》。

《军民日报》社址在市场一路。社长王晴初，原是国民党第八军李弥部下的副师长。他厌倦了军旅生活，弃武就文，任起了《军民日报》总编辑，记者有周荣鑫、王福春、龙国屏、许仁、刘效仪、袁开业等。1948 年，这家报纸发生了一件轰动全市的新闻。那是因为副刊上发表了一篇有关"猪"的文章，字里行间，有些偏见，因而激怒了青岛的回民。他们聚集了几百人，从常州路的清真寺出发，浩浩荡荡直奔军民日报社。王晴初见势不妙，急电宪兵团长杨显涵派武装宪兵保护报社，尽管宪兵钢盔枪刺如临大敌，而回民们毫无惧色，挺着胸脯勇往直前。宪兵后退一步，他们前进一步。回民得以冲入报社，大砸一顿，声言非要把那篇文章的作者和发稿的编辑交给他们不可。事件一直闹到南京国防部，部长白崇禧据传也是回民，他电令青岛军政头头，妥予调处。经过激烈的讨价还价，达成了协议：《军民日报》停刊了 3 天；辞退那位副刊编辑；在报上登载启事，向回民郑重道歉。一场风波平息了。后来听说那位编辑藏在中山路一家皮鞋店的楼上，没有被回民找到。如果当时找到他的话，后果是不堪设想的。

当时的报纸编排，一般分为3个版面，即国事（国际）新闻，地方（各地）新闻，副刊（周刊），其余全是广告。各报为了提高自己声誉，千方百计争取读者。在那个时代，两极分化极为严重。一方面是劫收大员"五子登科"，达官富商，花天酒地，他们好像在天堂上；而另一方面却是物价暴腾，民不聊生，啼饥号寒，朝不保夕，他们又好像在地狱里。到处充满杜诗中所描述的"朱门酒肉臭，路有冻死骨"的现象。群众恨透了那些贪官污吏，如果哪份报纸揭露或攻击这些害民贼，哪份报纸就受到群众的拥护赞赏。《青报》曾在一篇《社论》里攻击市商会主任委员李代芳；《军民日报》也大力抨击市长李先良。一向比较稳健的《民言报》，也在儿童节时发表两种不同的论调。在地方新闻里说儿童们都穿上节日盛装，打扮得像花蝴蝶，参加健美比赛，和军政首长一起照相；而在副刊的文章里，却说：比什么健美！那些捡破烂、拾煤核、吃不饱、穿不暖的孩子，为什么不能去比一比？难道他们不是儿童吗？他们就没有资格过自己的节日吗？

报纸上的国事国际电讯，一般采用国民党的中央社稿件。有条件的报纸，也采用自己驻在南京、上海、北平等大城市的记者发来的专电。《民言报》有英文版，他们可以巧妙地把收到的路透社、美联社、合众社的电讯改头换面译成中文作为"本报专电"刊出，成为独家新闻。《青报》的姚公凯有一好友名郭介眉，在南京国防部工作，消息比较灵通，姚就聘请他为驻京记者，按日用明码拍发专电，由《青报》电台收译刊用。这种电文的缺点是别家电台也可以收到。《军民日报》的王晴初就钻了这个空子，每天派专人收录郭介眉的专电，也以"本报南京专电"刊出，这使姚公凯很伤脑筋。王是常德人，姚是桃源人，都是湖南同乡，姚不好意思提出质问，王也我行我素，泰然自若。姚曾召集编辑、电台人员开会研究使用密码，但无良策。郭知道后给姚来信，说准备发一条"谎电"使《军民日报》上当。不久，在一则专电中说："周恩来与李宗仁各派代表一人在北平西山某地密谈，遭受阻击……"姚事先知底，没有刊用。王也感到有点奇怪，但在举国盼望和平的时候，这条消息很能吸引人，遂把内容改动一下，故意闪烁其词，登了出来。尽管如此，也引出一些麻烦。好在王是军人出身，与有关军宪方面比较熟，经过疏通，得以大事化小，小事化了。

《青岛时报》创刊于1924年，最后的社长是尹朴斋。总编辑是王书天，笔名半老徐娘，编辑有李毓颢、佘宗山、樊幼苹（向忱）、姬铁梅、裴方毂、袁素瑜等，记者有徐觉生、张凌云、范伟俊等。

西安事变后的1937年，蒋介石写了一篇《西安半月记》。尹朴斋借到这本小册子秘密抄录后排版备用。等到中央社发表消息准备公开发表时，《青岛时报》立即以3个整版的篇幅登了出来，随报附送。这不但在青岛、在山东引起了轰动，在全国来说，也是最先发表的。《青岛时报》因而声价十倍。

抗战期间，尹朴斋去了万县、重庆。胜利后回到青岛，以《青岛时报》资产曾被日军没收为由，到处奔走呼号，结果得到了一部分印刷器材，在堂邑路7号复刊了《青岛时报》。编辑部人员有李兴华（废丁）、张文麟（鲁丁）、李策等。这时《青岛时报》招牌依旧，面目全非，已达不到战前的水平了。

《青岛公报》是国民党青岛市政府的机关报。抗战胜利后在崂山华岩寺的市长李先良，抢先进入市区，接收了日伪《新民报》

的全部设备，于当年9月创刊《青岛公报》。社长是随李先良入市的市党部委员王信民，总编辑是侯圣麟。不久，侯把王排挤出去自己当了社长，侯被人暗杀后，由王雨宸出任社长。1948年，李先良下台，市长换了龚学遂，又另派市参议员于佩文为社长。因为是市政府的机关报，一切秉承市府意旨，内容平淡，比不了其他大报。

《平民报》是1925年创刊的，社长是张乐古，他不学无术，连一篇普通新闻稿也出现一些错别字，编辑任淑曾帮了他不少的忙。抗战期间，他到了重庆，在李青选办的《时事新报》里干业务。李是国民党财政部的参事，在李的帮助下，他当上了"参政员"。胜利后飞来青岛，大发劫收财，在安徽路复刊了《平民报》，不久因贪污被捕。他的弟弟张晓古是市党部委员，恐因案涉及报社的安全，就将该报改名为《大民报》，同时重用李芸生、丁恒洲、李莘等几个有识之士，才使报纸有了起色。

《民报》是中统人物何凤池、王葆仁于1947年创刊的。社址在聊城路，是四开小报。因为编辑、记者如冯德先、陈南冰、常青等都是有学识的青年，所以内容及版面编排在当时说都是比较先进的、活泼的，因而受到青年读者的欢迎。

《大光报》社址在肥城路，社长是抗战前《青岛时报》的记者徐觉生，内容一般。因徐是国民党海军现役军官，他虽然对办报很内行，但无法倾注全力，1948年就停刊了。也是一份四开小报。

《大中报》社址在广西路，社长为中统王平野，年轻有为。编辑人员有杨锡三、臧天侠等，都是较有学识的人。这份四开小报，很少刊载国家大事，多是报道社会新闻、影戏资料、名人动态，间有小评论等，是供茶余酒后消遣用的报纸。解放前停刊，王平野去了台湾。

　　1948 年底，全国解放已成定局，青岛几家像样的报社，准备停刊迁往台湾。于是"八报南迁"（《民言报》《青岛公报》《青报》《军民日报》《民报》《平民报》《青岛时报》《青岛晚报》）成了新闻界的新闻。当时 8 报职工联合起来强烈反对。这 8 家报纸的负责人经过缜密计划，决定留下两家报纸：将《民言报》改为《青联报》，《青岛公报》改为小报《联青报》，两报职工除小部分自愿去台湾的以外，基本未动。其余 6 报职工，各发 3 个月的工资遣散。《青联报》和《联青报》一直维持到 1949 年的 6 月 2 日。青岛解放了，两报工人继续留用，进入胶东日报社。其余编辑、校对人员少数留用，多数转业。国民党时代所有的报纸至此遂正式寿终正寝。

市井百态

第三辑

暑避

老　舍

　　有福之人，散处四方，夏日炎热，聚于青岛，是谓避暑。无福之人，蛰居一隅，寒暑不侵，死不动窝；幸在青岛，暑气欠猛，随着享福，是谓暑避。前者是师出有名，堂堂正正，好不威风；后者是歪打正着，马马虎虎，穷混而已。可是，有福者避暑，而暑避矣；无福者暑避，而罪来矣。就拿在下而言，做事于青岛，暑气天然下来，是亦暑避者流也。可是，海岸走走，遇上二三老友，多年不见，理当请吃小馆。避暑者得吃得喝，暑避者几乎破产；面子事儿，朋友的交情，死而不怨，毛病在天。吃小馆而外，更当伴游湛山崂山等处，汽车呜呜，洋钱铮铮，口袋无底，望洋兴叹。逝者如斯夫，洋钱一去不复返。炮台已看过十八次，明天又是"早八点儿，看看德国的炮台，没错儿"！为德国吹牛，仿佛是精神胜利。

　　海岸不敢再去，闭门家中坐，连苍蝇也进不来，岂但避暑，兼作蛰宿。哼，快信来矣，"祈到站……"继以电报，"代定旅舍……"于是拿起腿来，而车站，而码头，而旅馆，而中国旅行社……昼夜奔忙，慷慨激昂，暑避者大汗满头，或者是五行多水。

这还是好的，更有三更半夜，敲门如雷；起来一看，大小三军，来了一旅，俱是知己哥们儿，携老扶幼，怀抱的娃娃足够一桌，行李五十余件。于是天翻地覆，楼梯底下支架木床，书架上横睡娃娃，凉台上搭帐篷，一直闹到天亮，大家都夸青岛真凉快。

再加上四届"铁展"，乃更伤心。不去吧，似显怯懦；去吧，还能不带皮夹？牙关咬定，仁者有勇，直奔"铁展"，售品所处有"吸钞石"，票子自己会飞。饱载而归，到家细看，一样儿必需的没有，开始悲观。

由此看来，暑避之流顶好投海，好在方便。

山屋

吴伯箫

屋是挂在山坡上的。门窗开处便都是山。不叫它别墅，因为不是旁宅支院颐养避暑的地方；唤作什么楼也不妥，因为一底一顶，顶上就正对着天空。无以名之，就姑且直呼为山屋吧，那是很有点老实相的。

搬来山屋，已非一朝一夕了；刚来记得是初夏，现在已慢慢到了春天呢。忆昔入山时候，常常感到一种莫名的寂寞，原来地方太偏僻，离街市太远啊。可是习惯自然了，浸假又爱了它的幽静；何况市镇边缘上的山，山坡上的房屋，终究还具备着市廛与山林两面的佳胜呢。想热闹，就跑去烦嚣的市内；爱清闲，就索性锁在山里，是两得其便左右逢源的。倘若你来，于山屋，你也会喜欢它的吧？傍山人家，是颇有情趣的。

譬如说，在阳春三月，微微煦暖的天气，使你干什么都感到几分慵倦；再加整天的忙碌，到晚上你不会疲惫得像一只晒腻了太阳的猫么？打打舒身都嫌烦。一头栽到床上，怕就蜷伏着昏昏入睡了，活像一条死猪。熟睡中，踢来绊去的乱梦，梦味儿都是淡淡的。心同躯壳是同样的懒啊。几乎可以说是泥醉着，糊涂着，乏不可耐。可是大大地睡了一场，寅卯时分，你的梦境不是忽然透出了一丝绿莹莹的微光么，像东风吹过经冬的衰草似的，展眼就青到了天边。恍恍惚惚的，屋前屋后有一片啾唧唧唧的闹声，像是姑娘们吵嘴，又像一群活泼泼的孩子在嘈杂乱唱；兀的不知怎么一来，那里"支幽"一响，你就醒了。立刻你听到了满山满谷的鸟叫。缥缥缈缈的那里的钟声，也嗡嗡地传了过来。你睁开了眼，窗帘后一缕明亮，给了你一个透底的清醒。靠左边一点，石工们在叮咚的凿石声中，说着呜呜噜噜的话；稍偏右边，得得的马蹄声又仿佛一路轻的撒上了山去。一切带来的是个满心的欢笑啊。那时你还能躺在床上么？不，你会霍然一跃就起来的。衣裳都来不及披一件，先就跳下床来打开窗子。那窗外像笑着似的处女的阳光，一扑就扑了你个满怀。

> 呵，新的灵魂，我们在平静而清冷的早晨找到我们自己了。
>
> ——惠特曼《草叶集》

那阳光洒下一屋的愉快，你自己不是都几乎笑了么？通身的轻松。那山上一抹嫩绿的颜色，使你深深地吸一口气，清爽是透到脚底的。瞧着那窗外的一丛迎春花，你自己也仿佛变作了它的一枝。

我知道你是不暇妆梳的，随便穿了穿衣裳，就跑上山去了。一路，鸟儿们飞着叫着地赶着问"早啊？早啊？"的话，闹得简直不像样子。戴了朝露的那山草野花，遍山弥漫着，也懂事不懂事似的直对你颔首微笑，受宠若惊，你忽然骄蹇起来了，迈着昂扬的脚步三跨就跨上了山巅。你挺直了腰板，要大声嚷出什么来，可是怕喊破了那清朝静穆的美景，你又没嚷。只高高地伸出了你粗壮的两臂，像要拥抱那个温郁的骄阳似的，很久很久，你忘掉了你自己。自然融化了你，你也将自然融化了。等到你有空再眺望一下那山根尽头的大海的时候，看它展开着万顷碧浪，翻掀着千种金波。灵机一动，你主宰了山、海，宇宙全在你的掌握中了。

下山，路那边邻家的小孩子，苹果脸映着旭阳，正向你闪闪招手，烂漫的笑；不会赶着问她，"宝宝起这样早哇？姐姐呢？"

再一会，山屋里的人就是满口的歌声了。

再一会，山屋右近的路上，就是逛山的人咯咯的笑语了。

要是夏天，晌午阳光正毒，在别处是热得汤煮似的了，山屋里却还保持着相当的凉爽，坡上是通风的。四周的山松也有够浓的荫凉。敞着窗，躺在床上，噪耳的蝉声中你睡着了，噪耳的蝉声中你又醒了。没人逛山。樵夫也正傍了山石打盹儿。市声又远远的，只有三五个苍蝇，嗡飞到了这里，嗡又飞到了那里。老鼠都会瞅空出来看看景的吧，"蝉噪林愈静，鸟鸣山更幽"，心跳都听得见扑腾呢。你说，山屋里的人，不该是无怀氏之民么？

夏夜，自是更好。天刚黑，星就悄悄地亮了。流萤点点，像小灯笼，像飞花。檐边有吱吱叫的蝙蝠，张着膜翅凭了羞光的眼在摸索乱飞。远处有乡村味的犬吠，也有都市味的火车的汽笛。几丈外谁在毕剥地拍得蒲扇响呢？突然你听见耳边的蚊子嗡嗡了。这样，不怕露冷，山屋门前坐到丙夜是无碍的。

可是，我得告诉你，秋来的山屋是不大好斗的啊。若然你不时时刻刻咬紧了牙，记牢自己是个男子，并且想着"英国的孩子是不哭的"那句名言的话，你真挡不了有时候要落泪呢。黄昏，正自无聊的当儿，阴沉沉的天却又淅淅沥沥地落起雨来。不紧也不慢，不疏也不密，滴滴零零，抽丝似的，人的愁绪可就细细地长了。真愁人啊！想来个朋友谈谈天吧，老长的山道上却连把雨伞的影子也没有；喝点酒解解闷吧，又往哪里去找个把牧童借问酒家何处呢？你听，偏偏墙角的秋虫又凄凄切切唧唧而吟了。呜呼，山屋里的人其不怛然蹙眉颇然告病者，怕极稀矣，极稀矣！

凑巧，就是那晚上，不，应当说是夜里，夜至中宵。没有闭紧的窗后，应着潇潇的雨声冷冷的虫声，不远不近，袭来了一片野兽踏落叶的窸窣声。呕吼呕吼，接二连三的嗥叫，告诉你那是一只饿狼或是一匹饥狐的时候，喂，伙计，你的头皮不会发胀么？好家伙！真得要蒙蒙头。

虽然，"采菊东篱下"，陶彭泽的逸兴还是不浅的。

最可爱，当然数冬深。山屋炉边围了几个要好的朋友，说着话，暖烘烘的。有人吸着烟，有人就偎依在床上，唏嘘也好，争辩也好，锁口默然也好，态度却都是那样淳朴诚恳的。回忆着华年旧梦的有，希冀着来日尊荣的有，发着牢骚，大夸其企图与雄心的也有。怒来拍一顿桌子，三句话没完却又笑了。哪怕当面骂人呢，该骂的是不会见怪的，山屋里没有"官话"啊，要讲"官话"，他们指给你，说："你瞧，那座亮堂堂的奏着军乐的，请移驾那楼上去吧。"

若有三五乡老，晚饭后咳嗽了一阵，拖着厚棉鞋提了长烟袋相将而来，该是欢迎的吧？进屋随便坐下，开始了那短短长长的闲话。八月十五云遮月，单等来年雪打灯。说到了长毛，说到了红枪会，说到了税、捐，拿着粮食换不出钱，乡里的灾害，兵匪的骚扰，希望中的太平丰年及怕着的天下行将大乱——说一阵，笑一阵，就鞋底上磕磕烟灰，大声地打个哈欠，"天不早了""总快鸡叫了"。要走，却不知门开处已落了满地的雪呢。

原来我已跑远了。急急收场："雪夜闭户读禁书。"你瞧，这半支残烛，正是一个好伴儿。

我和诗

宗白华

我的写诗，确是一件偶然的事。记得我在同郭沫若的通信里曾说过："我们心中不可没有诗意、诗境，但却不必定要做诗。"这两句话曾引起他一大篇的名论，说诗是写出的，不是做出的。他这话我自然是同意的。我也正是因为不愿受诗的形式推敲的束缚，所以说不必定要做诗。（见《三叶集》）

然而我后来的写诗却也不完全是偶然的事。回想我幼年时有一些性情的特点，是和后来的写诗不能说没有关系的。

我小时候虽然好玩耍，不念书，但对于山水风景的酷爱是发乎自然的。天空的白云和覆成桥畔的垂柳，是我孩心最亲密的伴侣。我喜欢一个人坐在水边石上看天上白云的变幻，心里浮着幼稚的幻想。云的许多不同的形象动态，早晚风色中各式各样的风格，是我孩心里独自把玩的对象。都市里没有好风景，天上的流云，常时幻出海岛沙洲，峰峦湖沼。我有一天私自就云的各样境界，分别汉代的云、唐代的云、抒情的云、戏剧的云等等，很想做一个"云谱"。

风烟清寂的郊外，清凉山、扫叶楼、雨花台、莫愁湖是我同几个小伴每星期日步行游玩的目标。我记得当时的小文里有"拾石雨花，寻诗扫叶"的句子。湖山的清景在我的童心里有着莫大的势力。一种罗曼蒂克的遥远的情思引着我在森林里，落日的晚霞里，远寺的钟声里有所追寻，一种无名的隔世的相思，鼓荡着一股心神不安的情调；尤其是在夜里，独自睡在床上，顶爱听那远远的箫笛声，那时心中有一缕说不出的深切的凄凉的感觉，和说不出的幸福的感觉结合在一起；我仿佛和那窗外的月光雾光溶化为一，飘浮在树杪林间，随着箫声、笛声孤寂而远引——这时我的心最快乐。

十三四岁的时候，小小的心里已经筑起一个自己的世界；家里人说我少年老成，其实我并没念过什么书，也不爱念书，诗是更没有听过读过；只是好幻想，有自己的奇异的梦与情感。

十七岁一场大病之后，我扶着弱体到青岛去求学，病后的神经是特别灵敏，青岛海风吹醒我心灵的成年。世界是美丽的，生命是壮阔的，海是世界和生命的象征。这时我欢喜海，就像我以前欢喜云。我喜欢月夜的海、星夜的海、狂风怒涛的海、清晨晓雾的海、落照里几点遥远的白帆掩映着一望无尽的金碧的海。有时崖边独坐，柔波软语，絮絮如诉衷曲。我爱它，我懂它，就同人懂得他爱人的灵魂、每一个微茫的动作一样。

青岛的半年没读过一首诗，没有写过一首诗，然而那生活却是诗，是我生命里最富于诗境的一段。青年的心襟时时像春天的天空，晴朗愉快，没有一点尘滓，俯瞰着波涛万状的大海，而自守着明爽的天真。那年夏天我从青岛回到上海，住在我的外祖父方老诗人家里。每天早晨在小花园里，听老人高声唱诗，声调沉郁苍凉，非常动人，我偷偷一看，是一部《剑南诗钞》，于是我跑到书店里也买了一部回来。这是我生平第一次翻读诗集，但是没有读多少就丢开了。那时的心情，还不宜读放翁的诗。秋天我转学进了上海同济，同房间里一位朋友，很信佛，常常盘坐在床上朗诵《华严经》。音调高朗清远有出世之概，我很感动。我欢喜躺在床上瞑目静听他歌唱的词句，《华严经》词句的优美，引起我读它的兴趣。而那庄严伟大的佛理境界投合我心里潜在的哲学的冥想。我对哲学的研究是从这里开始的。庄子、康德、叔本华、歌德相继地在我的心灵的天空出现，每一个都在我的精神人格上留下不可磨灭的印痕。"拿叔本华的眼睛看世界，拿歌德的精神做人"，是我那时的口号。

有一天我在书店里偶然买了一部日本版的小字的王、孟诗集，回来翻阅一过，心里有无限的喜悦。他们的诗境，正合我的情味，尤其是王摩诘的清丽淡远，很投我那时的癖好。他的两句诗："行到水穷处，坐看云起时"，是常常挂在我的口边，尤在我独自一人散步于同济附近田野的时候。

唐人的绝句，像王、孟、韦、柳等人的，境界闲和静穆，态度天真自然，寓秾丽于冲淡之中，我顶欢喜。后来我爱写小诗、短诗，可以说是承受唐人绝句的影响，和日本的俳句毫不相干，泰戈尔的影响也不大。只是我和一些朋友在那时常常欢喜朗诵黄仲苏译的泰戈尔《园丁集》诗，他那声调的苍凉幽咽，一往情深，引起我一股宇宙的遥远的相思的哀感。

在中学时，有两次寒假，我到浙东万山之中一个幽美的小城里过年。那四围的山色丽清奇，似梦如烟；初春的地气，在佳山水里蒸发得较早，举目都是浅蓝深黛；湖光峦影笼罩得人自己也觉得成了一个透明体。而青春的心初次沐浴到爱的情绪，仿佛一朵白莲在晓露里缓缓地展开，迎着初升的太阳，无声地战栗地开放着，一声惊喜的微呼，心上已抹上胭脂的颜色。

纯真的刻骨的爱和自然的深静的美在我的生命情绪中结成一个长期的微渺的音奏，伴着月下的凝思，黄昏的远想。

这时我欢喜读诗，我欢喜有人听我读诗，夜里山城清寂，抱膝微吟，灵犀一点，脉脉相通。我的朋友有两句诗："华灯一城梦，明月百年心"，可以做我这时心情的写照。

汇泉海水浴场

苏雪林

　　到青岛来做客的人莫不抱着一试海水浴的欲望，所以我到青岛的第三天，便约了周君夫妇同去接受海的洗礼。青岛共有五个海水浴场，汇泉地点最适中，形势最优胜，一到夏季，红男绿女，趋之若鹜，使这地方成为热闹的顶点，欢乐的中心，消暑的福土，恋爱的圣地。

　　中国东南部的海，受黄河长江的泥沙不断地冲注，水色都变成一派浊黄。我们一提到海，总联想到蔚蓝的颜色，这对东南的海却不适合，唯有东北的海还能保持她的清净身，还具海洋应当有空明湛碧之观。青岛的海可爱，就因为她的绿，绿得那么娇艳，又那么庄严，那么灵幻，又那么深沉，我现在才认识海的女儿真相，她果然是个翛然出尘、仪态万方的美人！

　　汇泉浴场左边是湛山，立在那里，像张开了一叠云母屏风。我们可以望见山麓海滨公园高下的朱栏和历落亭阁。右边是伸入海中像一只浮在水面绿毛龟似的汇泉角。这两个环抱的海岬中间是一片宽约数里的大海湾，可以容纳数万个弄潮儿同时下水。沙岸清爽悦目的白绿色木质更衣室鳞次栉比，连绵数里，都是本市各机关为它们人员设备的。也有市政府建设，供浴室临时租赁的。山东大学也有一幢板屋在沙岸的最西头，因周先生的面子，我们得以叨光。板屋以外，帆布伞也如雨后菌蕈，到处苗生，另有咖啡店、酒吧间、跳舞场，各种临时旅馆。这里是一具娱乐的大百宝囊，世间娱乐无不兼收并蓄，你需要什么东西，只需伸手一掏，总可以满足你的愿望。

海水真冷，比湖水冷，我到海边，伸脚向水里试了一试，一种寒冷之气，彻入骨髓，甚至有痛楚的感觉，怕周君夫妇笑我，只好硬着头皮下去。但下去后又不觉得什么了。我常听见人说海水托力大，游泳可以不费劲。实验之下，才知海水托力虽大，海中风浪也大，托力与风浪的阻力互相抵消，我们还是没便宜可占。

夕照西沉，晚山变紫，澎湃奔腾似的海浪，一阵阵从海面卷过来，好像海王的御驾将出来巡游，海的仙侍们拿着万把银帚，清除海面。我们这些凡浊的人类，倘不让开，扫帚便将毫不留情地将我们像飞扬的尘埃般一扫而去了。但我们也有抵御之法，大浪来时，不慌不忙，将身子轻轻一跳，从浪头跳过；或者将身一伏伏在浪头底下，银帚便莫奈我们何了。不然，虽不至于被它扫去，身体被打着，究竟很痛。

我们在水里泡了两个钟头，泡得够了，才上岸休息。这时候沙滩上纵纵横横，躺满了肌肤被太阳晒成赤铜色的男女：有的游泳过于疲乏，让凉风轻轻扇进梦乡；有的在滩上挖成一坑将自己一半埋葬在沙里；有的用手撑着头颅目注云天，似乎心游物外；有的打开带来的点心在吃；有的和朋友细谈知心话；有的和情侣密筹幸福的前途。小孩子挑掘沙土，很热心的从事他们理想中楼阁的建筑。还有满身筋骨突兀的外国水手，和我在海船上所见的那一类的西洋胖妇，尽量在那里展示他们的筋肉美。许多人则跳着、跑着、笑着、嚷着、高声唱着。快乐的情调，泛滥在海面上，在林峦间，在变幻的光影里，在无边无际的空间。

骑马

苏雪林

　　青岛除海水浴场游泳以外，凡名都大市的娱乐，譬如平剧、蹦蹦、新式话剧，应有尽有。还有赛马，不知比上海跑马厅的盛况如何，但闻青岛人士对于此道也极其狂热，输赢的数目也相当巨大。

　　我们的朋友周先生有一熟人在赛马场做管事，每当马儿闲着的时候，他夫妇俩常借乘二三小时，驰骋山林海滨之间以为消遣。现因太热，才停止了。

　　赛马场距离我们所住的福山路不过数步之遥，我们赴第一海水浴场，或赴中山公园都可以顺便到那沙平草浅的空荡荡的大场去兜一个半个圈子，比在车马辐辏的行人道上走，当然有意味得多。

　　我们来青岛，本抱尽量休息，和尽量散心的宗旨而来。今天我和康商议：不去游泳了，到跑马场借两匹马骑到太平角那一带痛快玩一个下午，岂不有趣？康于上午跑去周先生住所托他打个电话给跑马场那个管事，我们还弄了他一张名片，以示我们是周

102

先生介绍的人，货真价实，并无假冒。

我们提早午餐，餐后，各睡了个午觉，起来又各喝了几大杯浓茶，提起精神以备半日的驰骤。赶到跑马场，正当下午一时左右。

同那个花白胡子，满面春风的马场管事人接洽停当以后，康选了一匹紫骝，我看中了一匹白驹。一股紫烟和一朵银云追逐峦光林影里，多么的美！我准备接受山灵为我们喝彩，海的女仙为我们献上鲛绡拭汗，捧上水珠沫钻嵌成的冠冕，庆贺我们的凯旋。

两匹名驹都是洋种，属于所谓的高头大马。我跨上那匹白马以后，才发觉自己的脚尖离双镫还有一段距离。马夫将镫的位置调整，我的双脚也才达到马腹的中部。"你老两位自己跑，还是要我带住嚼环缓缓地走？"马夫献上鞭子。

"让我们自由行动，你们跟在背后，要用你们帮忙时才请上前。"康在苏州曾学过骑马，接过了鞭。缰绳一扯，两腿一夹，马便放开四蹄，开始走动了。我被马一颠，身体失去了平衡，像喝醉了酒的人，摇摇欲倒；又像一只被风浪荡着的小船，左右摇摆，上下起伏不定，几乎翻下马来。"你不行，还是叫马夫带着缰儿吧。"康回头说。马夫口角含着善意嘲讽的笑，上前将我的马带住。我们预定的路线本来是：从跑马厅出发，经过体育馆，横贯福岛路，迤逶而达太平角，穿过太平公园，再到第三第四两个浴场去巡视一番，循原来路线回转。这段路相当的遥远，我们数日前和周君夫妇游太平角，是曾实地踏勘过的。我跨在马上，只觉得浑身不得劲，想要走这么远的路，还要穿过几条闹市，忽然胆怯起来。我实在不愿在那众目昭彰之下耍这猴戏，于是对康说："我不想去太平角了，还是在这场子里走两圈算事吧。"

康见我骑马的姿势这么笨拙得可笑，也觉得走远危险，只好听从了我的意思。

我的马虽始终有人控住，马性好合群，也可说它们富于竞争心，一匹马见前面有伙伴快跑，它一定要追上。两脚动物的人，哪里赛得过四脚动物的马，我的马夫带缰跑未半圈，已是气喘吁吁，汗出如雨，于是康也只好按辔徐行了。走了两圈，觉得无甚意味，不想再骑下去，赏了马夫一点酒钱，相偕返寓。前后不过骑了半小时光景。

"不会跳水偏要跳，几乎送掉性命。不会骑马偏要骑，带累别人也不能尽兴。下次有这类玩乐的事情，请你莫再参加，好不好？"

康回寓以后，一直嘟着嘴不快活，这样骂我道。我只有以勉强的笑容，来接受他喃喃地埋怨。

说到骑牲口，我倒不是毫无经验。读书北京女子高等师范时，曾和几个同学跨驴上西山看红叶，来去一整天。虽身体被颠得有几天不舒服，那明艳的秋光陶醉我的心灵，达数月之久，足以补偿肉体辛苦而有余。民国十一年仲夏间，我正教书于苏州景海女师，当时华东各中等学校在杭州举行什么中等教育会议，景海派了几个代表去参加，我以闲员资格，附骥同去。当同事们整天忙碌着开会，我一人或背着画架上葛岭写生，或放棹湖中，领略那浅抹浓妆西子的秀色。一天，我赁了一匹马，自我们所居旅社的门口起，经过苏小墓、岳坟、玉泉山庄、灵隐寺、上中下三天竺。西湖陆地的胜迹，打算做一次将它历尽。

那天所赁到的是匹风烛残年的老马（西湖上出赁的马大都此类货色，想必是军营里剔剩下来的）。虽已没甚火性，颠顿得却真叫人难受。西湖上的道路，又都用坚硬的青石板铺成，反弹之力特强，马蹄"踢踏""踢踏"跑在上面，好像一蹄一蹄踢到我的心里，直踢得我胸口发痛；直踢得我四肢百骸几乎像脱串明珠，一落地即将飞进四溅。但我居然用相当熟练的手法，把那匹犟头倔脑，不听指挥的坐骑控制住了，让它驮着我沿西湖跑完了一天的路程。

那匹马毛片是浅栗色，我那天身上穿的恰是一袭淡黄高丽布衫，腰间斜佩着一个绿色帆布旅行袋，一顶宽檐白草帽卸在背后，湖上吹来习习的和风，拂乱了我蓬松短发。在那暖峦浮翠、湖光潋滟的背景里，我俨然自命是画图中人。我又觉得那天西湖已幻成欧洲古代贵族的猎场，身穿红衣，跨着骏马的男女骑士，出没于密林丛莽，笳声动处；猎犬合围，狐兔乱窜，我便是那中间的女骑士之一。

一鞭残照，蹄声得得，我已览完西湖美景回来，口中微吟着唐人的诗句：

春风得意马蹄疾，
一日看尽长安花！

感觉得一身的潇洒，一腔的喜悦。

光阴无声流去，悄悄带走了人们的红颜和青春的精力，相隔未及十年，我竟失去了从前轻捷的身手，连青岛这样驯良的马儿都不敢骑了。这真要说一声：曷胜感叹之至！不过人生赏心乐事，仅须一回，便值得你终身低回咏味。在我的一切回忆里，我要永久珍惜自己这"芳堤走马"一日的风流。

青岛生活印象

倪锡英

　　青岛的生活是华贵的，是一种欧美绅士阶级典型的生活。这是历史和习惯使然的。因为青岛是一个特别的都市，自德人开辟青岛以来，他们把一切的生活环境，完全欧化了。使人们一踏着青岛的土地，便如置身在欧洲北部一般，充满着异国的情调。

　　在青岛前海沿岸的住宅区，都是高矮重叠的洋房，它们的样子，真是"一屋一式"，绝不雷同，并列在一起，不觉得乱，反显得美。在那个区域里，绝少看见纯粹中国式的住屋，只有那太平路旁的总兵衙门，是清季遗留下来的古迹，因为它含有历史的意味，至今还保存着，那是住宅区内仅有的一所中国式的古屋。除此以外，像新建的水族馆、海滨公园，都有一座宫殿式的房屋点缀，反觉得很新奇了。

　　青岛市大部分的居民，大都是出入在这些高矮重叠的洋房里，因此他们的生活，便也随着洋化起来了。先从住屋做起，卧房和会客室的陈设，都欧化了。然后穿衣服也非洋服不可，只有吃，还保持着本国的滋味。而日常生活如娱乐、运动、散步、游泳，也都一个劲儿跟了外国人学。结果，生活在青岛市内的一般职业较高或较为有钱的人，都成了欧化型的中国人了。

青岛最热闹的季节，便是每年的暑期；那时间，全国以及全世界的游人，都旅行到青岛去，过长期或短期的避暑生活，而青岛当地的市民，对于暑天，似乎更外感兴趣。因此，青岛的夏季生活，便显得十分的热烈与活跃。当这个时期内，青岛市政府举行各种大集会，如游泳比赛、运动会、展览会等，以吸引外来的游人。而外方的各机关团体，也都到青岛去举行各种集会，借着集会的名义，到青岛去住上几天，畅游一下。所以每逢暑天，青岛市内便充满了各地的来客，以及各种文化的、游艺的、体育的活动，热烈异常。

因为这个原因，每年暑天里，青岛的人口，便骤然地增加了。在生活方面，因着人口的增加，便发生了住的问题。全青岛市区内所有的住所，大有供不应求之势。平时闲空着的住宅，此刻都住满了，所有的旅店，也全都宣告客满。在这种情形之下，房金也就猛然的抬高起来，比平时增加五六倍至七八倍不等。平时四五十元一月的房子，此刻非二三百元不租。而旅馆更是昂贵，靠近海滨的房间，往往要十五块钱一天。有时竟会连出了高价还住不到房子的。这种房金的昂贵，在外来的旅客，往往会感到惊奇。其实在青岛当地的房主人算来，这种昂贵是不无理由的；因为他们全靠这一季的收入，来抵全年的消费。有许多房子，是专门供给夏季的避暑者居住的，除了夏季以外，其余三季，简直无从出租，因为房子空着，容易破坏，往往竟有把房子白租给人家住，而不收房金的。至于旅馆，也是这样，只做一季的生意，平日竟是门可罗雀，很少有人去住宿。这种反常的奇特现象，也是别的都市所没有的。

所以，如果要到青岛去避暑，事前一定先要找好住所，有钱的可以租屋住，其次便可以去借学校做临时宿舍。青岛所有的大中小学，暑期里完全休假，短期借宿，最为相宜。住所最好近海滨，否则也要负山面海，如果喜欢活动的人，每天可以上海沿去洗澡，上运动场去做球戏，或是雇只小艇，到海面上去游翔，到山岩边去钓鱼。如果喜欢静的人，那么最好敞开着窗户，迎风读书，或是安步当车，到海滨去漫步，都是极有趣味的事。

以上是青岛的避暑生活，至于青岛一般市民的生活，我们可以归纳为四大类：

第一类，便是政务人员的生活。青岛市内有许多大机关，如胶济铁路管理局、青岛市政府等等。每个机关里都容纳着许多职员，这些政务人员的生活，大多是很优裕的，他们都住在海滨或山麓一带的小洋房里，安置着家眷，过着极安乐的生活。每天除了规定的办公时间以外，其余便完全是游乐的时间了。他们也去游泳，也去上运动场，也去划船，也去钓鱼。有兴时合家上一个名胜的地方去野餐一次。日常生活的方式中，已参加进若干欧西的习惯在里面。这因为他们每月都有固定的丰富的薪金收入，而同时职位又是很有保障的，因此他们的生活，可算得十分安定。

第二类，便是有闲阶级的生活。这一班人，大多是富绅或要人，他们有钱，有势，在青岛市区内占有一幢广大的住宅，地方不妨僻静一点，出入都有汽车代步。一天到晚，便是见客、赴宴，忙于各种应酬。他们看着别人跳到海的怀抱里去，自己却只是看着他们，从不肯亲身去参加游泳，海对于他们不起活跃的情趣，他们只是为求生活的闲散而来的。有时间或游兴来时，便坐着汽车到崂山附近去兜一个圈子，或到柳树台上的崂山大饭店去住一宿。可是这种游览，只是多用几个钱而已，实际上并不能领会到游山的真趣。坐在汽车里看山，景色是那么窄狭，又飞奔得那么快，实在是欣赏不到什么，可是他们却全不在乎，汽车溜过一趟，便算游过山了。因为他们的观念，是把青岛的一切，作为享受的对象。因此他们的生活，是极度的享乐生活。

第三类，便是青年学生的生活。这种生活，是充满着活泼与进取的精神。青岛市内所有的大中学生，每天除读书求学以外，更喜欢从事于各种游艺活动。青岛市内举办的各种比赛，都以青年学生为活动的中坚人物。体育场和海水浴场，几乎是他们的大教室，每年暑期内放了假，喜欢运动的，便终天奔跃在运动场上，喜欢游泳的，便终天浸在海水里。一个个都晒得像黑罗汉一样。所以青岛学生的体格，要比其他各都市内的学生壮健。这是自然的环境使然的。

第四类，便是外国侨民的生活。所谓侨民中，又可分为两类：一类是到海外来享福的侨民，他们大半都住在湛山和太平角的别墅区内，那里景色如画，空气清鲜，生活最为舒适。一类是到青岛来做生意的职业侨民，他们大都住在太平路和中山路一带。以开设酒吧间、跳舞厅，或食品公司、娱乐场为最多。每年夏季，是他们最忙的时期，许多外国的驻华军舰，都轮流开驶到青岛来避暑，水兵们上了岸，都需要找求本国的娱乐，以安慰客中的寂寞，于是所有的娱乐场和食品店，生意便十分兴盛，生活显得很是忙碌。而大多数欧美侨民，天生的习性是好动的，不论是闲着的忙着的人，他们总是喜欢去参加种种游戏活动，如游泳、球戏、爬山、驰马等等。还时常结了队，到崂山上去露宿、探游。生活是十分前进的。

除了以上的四种生活以外，青岛一般普通市民的生活，也比别的都市来得生动。他们受了生活环境的感染，对于生活的态度，非常认真进取，在青岛市内，游手好闲的游民是很少的，大半都忠实的从事于自己的职业，空下来的时间，总是消磨在海滨、运动场，或是公园里去。

关于青岛的公园建设，那也是其他都市所不可及的，全市共有公园十处，其名称和地点如下：

（1）中山公园——又名第一公园，在湛山附近，占地百万平方公尺，是青岛全市最大的一座公园。

（2）第二公园——位于贮水山之东，青岛山之北，占地一万四千平方公尺。

（3）第三公园——在观象山北，上海路西侧，面积四万五百余平方公尺。

（4）第四公园——在中山路中段。

（5）第五公园——在青岛车站门前。

（6）第六公园——在安徽路中央。

（7）海滨公园——在莱阳路南，汇泉海水浴场的西面。

（8）栈桥公园——在前海栈桥北面。

（9）观象公园——在市区中心，观象山的山顶上。

（10）四方公园——在胶济铁路、四方机厂旁边。

这十个公园中，中山公园的规模最大，园内奇花异卉，珍禽怪兽，罗致得很多，每种花木及动物上面，都加以说明，使市民在游览时，能获得各项常识。园内有一条樱花路，每逢花开时节，倍形热闹。其次，海滨公园和四方公园的规模也很大。在海滨公园旁边，有一座水族馆，外形是城堡式的建筑，里面陈列着许多海产鱼类的标本，用玻璃做成墙壁，顶上开着天窗，透进日光。把各种鱼类分门别类地养在每个小池里，游人走到里面去参观，隔着玻璃壁，可以看到各种奇怪的鱼类在水里游动，如同置身在海底里一般。

以上，是青岛生活印象的梗概。总之，在青岛生活着的人们，精神上物质上，随时随地都可以找到安慰与享受，生活是永远不会感到疲乏的。因为青岛的环境，便是一个新鲜、活泼、进取的环境，所以青岛的生活，也是新鲜、活泼、进取的生活。

兴隆的酒吧业

杨　昊

抗战胜利后，美国大兵闯进青岛，为他们服务的行业应运而生，酒吧就是其中之一。

酒吧的数量增加之快，令人瞠目结舌。起初不过5家、10家的，到1946年已有70余家，1947年翻了一番，达150多家。另外，有6处美国自行开设的酒吧。最先发现这一本万利生意的是白俄女郎。做酒吧生意不费劲，只消开设酒吧，为它起个美国名称，装修个漂亮门头，能说几句"Yes""OK"，财源便滚滚而来。大家见搞这个挣钱容易，又可拿到美钞，就一哄而上，酒吧于是遍地开花。

不过，酒吧多了，美国大兵却有限，营业上的竞争自然非常激烈。业主们便各施所长，吸引顾客。

美国酒吧以价格便宜见长。这里的价格比较起来要低一半以上。像啤酒，其他酒吧每瓶要价美钞6角，这里只收1角，威士忌每杯仅2角5分，大菜3角一客。所以想重温本土情调，想在物质上享受一番的美兵，多光顾美国酒吧。

白俄酒吧充满了色情的诱惑，有的甚至墙上也画上裸女壁画。这里灯红酒绿，娇声燕语，春情盎然。白俄酒吧多集中在南海路一带，地点虽偏，营业颇佳，虽然姑娘数量超过桌椅，但来这里的顾客仍难以应付，有时海水浴场的更衣室也辟为临时房间。

闻名全国的第一体育场 *

公茂春

  1932 年 10 月在河南开封举办第 16 届华北运动会时，华北体育协进会决定第 17 届华北运动会在青岛举行。时任青岛市市长的沈鸿烈为承办这届运动会，决定兴建青岛体育场，随即召集了教育、工务、体育等方面的有关人士，成立了青岛体育场建筑设计委员会，着手筹备兴建事宜。山东大学体育教授宋君复受命参加在美国洛杉矶举行的第 10 届奥运会时，取回了洛杉矶体育场的图纸，几经研究，就按此图纸，缩小了规模，投入了建设。

  青岛市体育场地址经过勘察，选定了面山近海、山清水秀、环境幽美、风景宜人的中山公园前，文登路南、荣成路北。当时设计建设体育场 1 座、网球场 6 个、排球场 4 个、活用篮球场 2 个。田径场是由 400 米一圈跑道 6 条、直道 8 条、弯道 3 个半径组成，

* 本文原题为《青岛第一体育场与体育馆》，有删节。见青岛市政协文史资料委员会编：《青岛文物与名胜保护纪实》，青岛出版社 2000 年版，第 263—265 页。

离心力 4 圈。同时，为宜于观众看清比赛，设 3 层壮观门楼，周围环绕 15 级看台，容观众 1.5 万人；看台下为运动员休息室。体育场北大门、东西两便门直通场内，周围 11 个入口直通看台。大门口外到中山公园的两侧安装了电灯杆，杆顶装灯，灯柱下设长廊、花坛，新颖别致，具西方风韵，从 1932 年 12 月动工，到 1933 年 6 月底竣工，历时 7 个月告成。7 月中旬，第 17 届华北运动会在此顺利进行。青岛体育场也就是现在的第一体育场。这座体育场当时是我国华北地区最优秀的体育场，全国知名。沈鸿烈亲自为体育场撰写碑文。其中开头两句是："自来盛世之民，健而多寿；衰世之民，弱而多夭。健寿则庶绩咸熙，身世交泰；病夭则百事废弛，气萦愁苦。"后几句是："有完美之体育，乃有健全之体格。""古人三时务农，一时讲武。礼乐以涵养性灵，射御以锻炼体魄。"

体育场建成后，我市拥有了第一个体育场所，体育活动开展如鱼得水，全市的体育比赛均在此举行。青岛参加华北 18 届运动会的选手、旧中国第 6 届全运会的选手和全国参加 11 届奥运会的选手均在这里训练。日本第二次占领青岛后，群众体育被迫停止，这里成了日寇关押被抓劳工的集中营。抗战胜利初，体育场一度被国民党军队占据。在广大群众强烈要求下，1946 年才恢复了体育场的本来面貌。之后年年举行全市中小学运动会，社会各界公务员运动会和全市知名的篮、排、足球队经常在此活动，并开展各类比赛。解放后，这里成了全市群众组织比赛的集中场所，从全国、省、市到基层的运动会年复一年，挤得满满的，利用率一年高达 300 多天。

万国体育会的赛马活动 *

刘雨生

青岛万国体育会于 1924 年 2 月呈请胶澳督办公署批准，在同年 6 月正式成立，旋开始赛马。筹备过程是：上海滋美洋行青岛分行经理滋美满（美籍犹太人）染指上海赛马会获利甚厚，倡议在青岛照样设立，并与驻青美国会会长亚当姆斯、青岛英文时报经理英人士大贵、驻青法国代办达塔灵洛夫和日本交易所兼太和洋行经理日人片山亥六等，勾结一些华人买办，如怡和洋行的何永生、太古洋行的苏冕臣、华北商行的王宣忱、日本元田船行的丁敬臣、交通银行的丁雪农、明华银行的张绢伯和童约之、朱爱甫及少数爱好体育者李植藩、萨福钧、邓益光、凌道杨等组织筹备会。于 1923 年 12 月间拟具章程呈请胶澳督办公署。延至翌年 2 月间，由熊炳琦督办批准，特许租用汇泉赛马场和一切附属设

---

* 本文原题为《青岛万国体育会的来龙去脉》，有删节。见《青岛文史资料》第 8 辑，1989 年版，第 130—133 页。

备，以 20 年为期。于是该筹备会遂印发缘起，广招中外会员。会员分通常会员和股东会员两种，股东会员每股收通用银圆 50 元。该会共收到 2000 股，计股金 10 万元，作为运用资金，拟建设球类赛和赛马设备。会址初设在市南区浙江路 2 号（今改 3 号）二楼，后迁中山路曲阜路亚当姆斯大楼三楼（即今中山路 51 号第一百货商店）。

　　青岛万国体育会股东会员虽中外人士都有，但以美国人滋美满和亚当姆斯的股份为最多，后来有些迁往他处的股东，愿将股票转让，他们两人即尽量收买，因此他们的权柄最大。该会自 1924 年成立至 1937 年结束，13 年中的历任董事长，不是滋美满便是亚当姆斯。董事名额虽定 10 人，中外各半，但仅属形式而已，其用人、行政皆由美国人把持。该会方针及重要问题皆取决于董事会，办事处设总干事 1 人，承董事会之命，掌理一切事务。下设会计 1 人、办事员 4 人、打字员 1 人、马场总管理 1 人、场员 12 人、汽车司机 1 人、服务员 4 人，统由总干事管辖。外设售票经理（即买办）1 人，赛马日所有临时售票员归他管理。美国人的股权大，故董事会凡议事多由他们取决。1930 年 7 月，总干事丹麦人安德森病死后，即由滋美满兼之。滋美满一身兼两长，便为所欲为，除引用滋美洋行旧职员毕洛夫担任会计外，复引用该洋行旧职员蒲劳沙斯基为马场管理，另又引用一少女陶布洛娃斯基为打字员。其他办事员 4 人中，1 名是日人，3 名是华人，都职小薪低。

　　售票经理一缺，在开办之初，由滋美满介绍上海滋美洋行买办施愉村担任，因其不能来，派沈饮和前来。滋美满怕沈不熟悉业务，又另介绍一英国人施弼士主持，佣金二成。四年后，与施所定合同期满，施、沈同回申。滋美满本拟将此缺交由毕洛夫或英人凯能担任。但经试用之后，都不能胜任，始由中国董事提议，将佣金减低一成，由梁裕元继任。

会内的职工，包括办公室的高级职员、办事员、服务员和马场的场员等，共计25名。其中欧美人4名，日人1名，中国人20名。21名中日人的工资，全年共计10440元。查该会第九届股东会员年报所载，1932年所付的薪金工资共计29972元，减去中日人所得的之外，所余19532元均归滋美满系统的4人所有了。

青岛万国体育会营业除会员费、门票、马匹入栏费外，以马票为唯一的大宗收入。马票计分四种，即独赢票，每张售价1元或3元；马位票，每张3元；摇彩票，每张3元（最末一次每张5元）；大香槟票，春秋两季每张各5元，夏季每张10元。售票方法有当日出售的，有先一星期内预定的。预售者谓之通票，即如你定摇彩票三号，一天各次的三号摇彩票都是属于你的。

每年马票售出，常在300万元上下，其中80%派给彩银，20%为佣金。在佣金的数中，以二成为赛马税，交纳财政局，一成归售票经理部，七成为会中开销。开销最多的为优胜马奖金，约占开销数的一半。

青岛万国体育会还开展过其他体育运动。该会经中国董事建议，在马场内附设了各种球类设施，如篮球场、网球场、足球场、排球场、乒乓球场、棒球场、高尔夫球场等，并备有各项运动器具。凡中外人士有球会组织者，得向该会借用。该会每年都召开国际球类、游泳、田径、野外旅行、男女长途竞走、越野、自行车比赛等。各项奖品由该体育会准备，也有由市机关或日本体育协会赠送的。1932 年是该会支付体育运动费最多的一年，其数为 3543 元，与同年的优胜马奖金相比，则有天壤之别。

　　根据该会章程规定，每年以净利一成充作慈善费用，每年支出 7 万—8 万元。其实，支出内容均由外国董事或总干事决定，多数项目都不属于慈善范围。

我的"失地"

洪　深

九水距青市约六十里，汽车可以直达，对岸有老树数十株，皆数百年物，下有洪述祖所建别墅，上有平台，最宜眺望。土人名为观川台。

节录自青岛指南《游览纪要》

久住青岛的人，谁不知道南九水是崂山的一个胜境；谁不知道我父亲观川居士在那里有一所别墅，名为观川台；又谁不知道在日本人战胜了德国人的那年，日本人硬把这所别墅占据了，开上一片料理店，至今还在开着。

我每次到青岛，也许我是太"生的门得而"（Sentimental）吧，总得设法到南九水去探视一次。去时总是独自一人的时候多。我轻易不敢对人家说，我才是这屋的主人，人家也不晓得我还有这样一块"失地"。

今秋又去，是和几个朋友去的。我莫名其妙地高兴起来，指点给朋友看，某间小屋是二十年前我曾在此坐卧读书的；某处小池是当时开凿了种莕荇养鲫鱼的；某某几株大树是几百年的古物，在购地造屋的时候，德国人还在契纸上批明不得砍伐的；某向的石壁上还刻着我父亲题咏的一首诗，其中"涧落已成瓴建屋，溪喧犹似蛰惊雷"两句，就是暗指当时，第一次世界大战前的时局，那东亚的风云随时可以爆发的……可是我的朋友未免都诧异起来了：诧异的是为什么在我的失地上我居然还会这样高兴？为什么我对于那夺我土地的人，丝毫没有敌忾的情绪？为什么对于那被人夺去的土地，我丝毫没有收回的存心？

我的确不再想收回了！没有出息的我！

这个，我并不是承认观川台不是我家的故物，我有历史上的证明呢，在我最近移家去青岛收拾杂物的时候，我还看到那块地那所屋的契纸。当初日本人的拿去，是毫无理由地拿去的，是利用着武力拿去的。有一年，据说因为料理店的营业并不起色的缘故，那日本人曾经要求我父亲赎回，只需我父亲贴他六千元的损失。我父亲不愿意花钱去买那本来是自己的东西，硬要无条件地收回。交涉弄僵了，那日本人另觅了资本家，在台旁添筑了一些房屋，添种了若干花树，相当地把它"繁荣"了。嗣后再和他谈赎回的话，他要求两万块钱的损失了。

到了今年，情形更加不同了：里面是装饰得这样华丽了；待客的下女，更加比以前的年少而漂亮了；中国人游玩崂山而到此停车流连，喝茶饮酒的人，一天比一天多了。这个地方成了日本人的"生命线"，还能随便就给物主收回么？

不过，对于我的没出息，我也觉得有些惭愧。我不能不有所解释。我说，如果当时我们允承了他的六千块钱的要求，"失地"

不早就收回了么？（关于东北四省，现在不还是有人懊悔，没有痛快地接受日本人在国联所提出的五项原则的可惜么？）我说，在兵荒马乱的中间，如果不是给日本人拿了去，而给军队或土匪盘踞，这座观川台岂不是就有被破坏得更加厉害的可能么？而且现在占据该地的日本人，岂不曾把他占据的地方整理得比以前更加优美么？再想得彻底一点，山川名胜，本不必属于一人一家，现在这屋与地虽属于日本人了，而中国人照样可以来喝茶饮酒，游赏享受，岂不原是一样么？至于持枪夺取，固然可恶，但我们所经遇的类似的事情，正多着呢，岂不是大可不必斤斤于一台一屋么？这样一说，不问我心里是不是真的相信这些，或者仅仅是一种 Rationalization，而在颜面上，我的对于失地的淡漠，是着实有理的了！

咳，没有出息的我，虽然失去了观川台，而我真是能处之泰然了！不是么，对于我的敌人，没有敌忾了。在我从南九水回来的时候，我想起了我今天购买的许多家常用品，所以在这个充满了日本货的青岛市里，我畅快地购买了日本纸、日本铅笔、日本饭锅、日本酱菜、日本糖了。

旧青岛的"食"

孙丽青

青岛依山傍海，海味丰盛，富商阔佬一掷千金、花天酒地，他们的"食"根本代表不了当时一般市民的生活情形，兹不赘言。本文主要记述的是解放前一般老百姓的生活情况。

由于生活艰苦，吃饱饭就成了生存的第一需要。当时人们的收入主要用在这方面的费用占十之七八。市民有一日三餐者，亦有一日二餐者，每餐不过一饭一菜而已。

今天的主食馒头，在当时只有富裕人家才吃得起，一般人家还不能把馒头作为主食。玉米、小米饼子是当时工匠的主食。生活稍宽裕的人家是用小米面、玉米面和成团子，蒸饼子吃。穷人则是吃掺了野菜的饼子，只要是叶子柔软的野菜都可以做着吃。另一种主食就是地瓜，蒸地瓜、煮地瓜是当时农民最普遍的食物，地瓜晒成干，春夏秋冬四季常吃。地瓜蔓晒干了可以磨成粉做团子吃，也可以和大豆一起做成小豆腐。玉米粥、高粱粥在当时叫"糊""黏"。

蔬菜主要是白菜、菠菜、韭菜、茄子以及脆萝卜、豆腐等，或切细"熬"，或腌着吃。蒜、葱及萝卜多用来生吃。肉每年难得吃上几次。与豪门富户相比，真是"朱门酒肉臭，路有冻死骨"。

酒是用玉米或小米制成的黄酒，再有自制的地瓜酒、烧酒。每逢霖雨之后，有贺雨的习俗，老少凑在一起，买酒杀猪一起欢饮。

青岛本地产烟很少，烟叶大都从潍县运来，当时大部分人是吸烟叶，吸烟卷的很少。农民平日不饮茶，而是喝一种叫莱连草（又叫车毂轮草）代替。从九水到北九水一带出产竹子，居民习惯煎竹叶喝。

酱油大王万通酱园

王第荣

德日占领时期，青岛市上所售的酱油全系日本生产的化学酱油。化学酱油生产简单，只用豆饼加入适量盐酸混合后，再加入食盐和糖色，搅拌过滤即成酱油。这种酱油的氨基酸含量低，味道也不鲜美。像食盐水一样，不为人们所欢迎。

1922年我国接收青岛后，青岛有个浙江绍兴人叫高金荣，他认为将江南用豆瓣酱酿造酱油的秘方在青岛生产，定有销路。遂联合同乡数人集资2000元，在嘉祥路、云南路转角平房大院内开设了万通酱园，以生产酱油为主。当时有技师2人，职工20余人，均为绍兴人。购置大缸100多口及其他所需设备，并自制酱油容器木桶，木桶分100市斤、30市斤和15市斤三种，均为圆形密封，仅在上端及下端各留一圆孔，以备装入和放出酱油之用。因豆瓣酱油生产周期长，约需1年时间，积压资金太多，两名技师分工，一人专管酱油生产，另一人则管腐乳生产及酱菜生产，缩短生产周期，以利资金周转。

豆瓣酱油生产程序如下：

①蒸煮：将黄豆放入大锅内蒸煮，煮烂为止。②晾干：取出煮烂黄豆，拌入面粉，搅拌晾干。③发酵：用大笸箩盛装，晾干半成品，加入曲菌，送入发酵室发酵，发酵室门窗密闭，温度在30摄氏度以上。④制酱：将发酵之半成品移置大缸内，加入盐水，上下搅动，让日光照晒，并按时翻入空缸，使发酵均匀。这样经过三伏天，就能发出鲜美味道，浓香扑鼻。这一工序最为繁重，占用时间也最长。⑤过滤：发酵好之酱料，加入水、食盐、糖色、防腐剂等，搅拌后过滤装桶，第一次过滤为一等品，滤渣加盐水第二次过滤为二等品，滤渣再加盐水第三次过滤为三等品。最后所剩渣滓供猪饲料之用。

高金荣在开设万通酱园之初，即一心想创出万通酱油的牌子，他把质量视为生命，除由技师监督生产规程外，他还检查半成品质量，一丝不苟。对于酱油容器木桶，循环使用，无论新做的或是收回的，都要洗刷干净再盛酱油，使酱油不生白酸。当时青岛还没有味精，一般用户把酱油当作调味品使用。

万通酱园在经营方面也有与众不同之处，首先职工工资比同业高，每年还加一次工资，对出力的职工，工资则成倍增长，职工医药费也可报销。那时，企业管饭，万通酱园的伙食费也比同业高出许多，由于以上待遇，激发了职工的积极性，从早到晚都在努力地生产，都想创出万通酱油的名牌。

万通酱油面世后，受到用户好评，营业逐渐开展，委托各零售小店赊销，每月结算一次，并向各餐馆推销。万通酱园选派店员两人，专管下街送货，100市斤大桶用地排车送，30市斤中桶和15市斤小桶用自行车送，送货时将用完的空桶捎回，以便再用。因为万通酱油质量优良，成为名牌货，消息不胫而走，附近各县客商纷纷来青岛，用油篓贩运万通酱油回去销售，使万通酱园的营业蒸蒸日上，被誉为"酱油大王"。

随后，又有南方人在青岛开设了两家酱园，也是以生产豆瓣酱油为主，一家是在单县路的民生酱园，一家是在费县路的大兴酱园。另外本市还有几十家北方人开设的酱园，都是以酱菜为主，有的兼做酱油，市场竞销激烈，万通酱园更加注重质量，以质取胜，在同行业中，万通酱油一直名列前茅。

在日占青岛时期以及抗战胜利后国民党接收青岛时期，因为化学酱油生产周期短，成本低，有利可图，一些酱园便生产化学酱油，甚至有的住户也制造化学酱油到市场兜售，造成市场一片混乱。但万通酱园始终坚持生产豆瓣酱油，一些老用户仍然愿买万通酱油。

1956年全行业公私合营，万通酱园并入青岛酿造二厂，经理高金荣已退休，回绍兴原籍安度晚年。

金口商会

徐伦成

清末，金口商界为防兵燹之乱、内部之争，以维持商界秩序，保护商户利益，遂于民国六年（1917 年）成立了金口商会。

金口商会设在金口天后宫后院内，下设会长室、文牍室、文书室、账房、议事厅及招待室等，另有花园一处。各厅室布置得豪华而别致，幽静而威严，是金口港诸商贾管理和办理商务的主要场所。商会内各厅室的常住人员，设文牍（又称师爷）1 人，文书 1 人，账房先生 1 人，跑浒崖的（即负责收取进港船只会捐的）1 人，炊事人员 1 人。以上人员皆为工资制，其数额根据所辖职权的大小而多寡不等。

商会的成员由会员、会董及正、副会长组成。会员都是自愿入会的当地商户；会董则是当地一些较有影响的巨商大贾；正副会长原则上每任任期 3 年，先由几家知名商号酝酿提名，然后采取无记名投票的方式选举产生，一般说来，是由财多势大声望高的人担任之。商会初建时，共有会员 44 人，会董 25 人，其中 8

人为商会常务董事。他们是"德成号""福康号""长生成号""同聚成号""福顺泰号""聚顺泰号""正兴号"和"惠昌号"等金口港的商号。1930年至1934年，商会改为委员制，故正、副会长改称正、副主席，1935年后仍恢复旧制。

为了维持商界治安，金口商会于1935年设立了武装机构——金口商团。商团下设两个大班，共24人，加上队长、号兵及巡海人员共达30余人。这些商团团丁身着黑色制服，头戴黑色白圈大盖帽，队长及各室人员背匣子枪，团丁则持长枪"汉阳造"。商团的任务是保卫商会，维持治安，巡逻市场。商会的内外大门共设四道岗，每岗3人，其中2人分列两旁，1人负责喊号。如遇会长进出或上司大员莅临，喊号者高喊"立正、敬礼"，两旁两人随即昂首挺胸行持枪礼，其威严程度不亚于官府衙门。两个大班，则分上、下两街各一班，在金口4门各设有岗楼，并在东栅门、西栅门、后草市、十字街等处设有岗屋子12个。团丁们白天站岗，夜间巡逻，并负责维持市场秩序。会长外出，团丁们则负责保镖。1938年，日寇入侵金口。团丁插枪潜逃，被日军将枪支收缴。后商团复建，又发给长枪8支，重收团丁10余人。1940年，日军恐其作乱，又将枪支收回，商团只留6人持木棍（亦叫齐眉棍）值勤。

商会是当地政府搜刮民财的重要工具，也是当局财政来源的重要途径之一。因此，商会虽属社会团体性质，但它同官府有着十分密切的关系，商会会长及董事也握有较大权力。商会每月两次向各商户收费，用以支付商会及商团人员的工资及其他费用。他们有权存用商会中的积累资金，并不负担利息；有权处理一切商务事宜；有权惩治不法分子，甚至可以直接杀人。

1929 年曾发生过这样一起事件：金口公安局局长马寿康，倚仗权势，经常纵众以各种手段对商户敲诈勒索。一天傍晚，马的部下刘保柱企图制造混乱趁机打劫，便伙同本局四五人将一挺机枪架在金口南街的高岗上，对着金口扫射了达 10 分钟之久。商民们都认为是兵匪骚扰，顿时炸了街哄了市，各商户纷纷闭门掩店，慌乱不堪。枪声平息后，当时任商会会长的于汝周一调查是马寿康的部下所为，他便去公安局找马交涉。马寿康本来在敲诈商户时因商会碍事而对其不满，更倚仗自己人多势众，根本不把商会放在眼里。交涉中，他不仅公然袒护部下，而且对于反唇相讥，置之不理。

于汝周是莱阳红连口人，曾在老家干过村长。该地各村拥有几千亦农亦武的壮丁，于汝周都同他们关系甚密。于见马寿康放刁耍赖蛮横无理，实在咽不下这口气去，便星夜赶回莱阳老家搬兵。第二天，莱阳来了几百人，骑马持械，杀气腾腾，将金口公安局围了个水泄不通，立逼将罪犯刘保柱交出。马寿康见事态扩大不好收拾，只好将刘保柱绑缚交出。莱阳乡队当即将刘押至金口村后击毙。可是，当商团队长万太会带人前往挖坑掩埋时，刘的尸体却不见了。原来刘保柱没有被击中要害，苏醒后便逃之夭夭。于是，金口商会到处通缉。后了解到刘保柱潜在即墨城一娼妓家中，商会便立即派人前往即城捕获，并就地将其击毙。之后，金口商会之声威进而大振。

在商业管理中，商会曾发挥过较大作用。买、卖双方签订合同，必须经商会公证方能生效。为了双方信守和履行合同，商会要随时掌握各商户的资金情况。如出现一方有诈骗或失信现象，商会有权为对方索赔。商会还限制各商户出、放土票的数额，以防土票泛滥，货币失控。如发现超量出、放土票者，商会有权对其惩治。商界内部之间的各种纠纷，商会有责任加以调解，有权进行处决。商会内还设有交易所，供客商在此洽谈商务；设有度量衡监理部门，负责校对衡器之标准；设有专管海关者两人，负责征收进出港船只的关税和厘捐。另外，金口天后宫、马神庙、龙王庙、关帝庙等庙宇的维修、油漆、粉刷及庙会、祭祀乃至请戏班唱戏等费用也统由商会出资。可见当年金口商会的作用之大，权势之重。1946 年，金口商会解散。

国货商场

杨　昊

　　1930 年 7 月 1 日，在河南路北端原东莱银行行址，一家出售国货的商场开张了。该商场颇具规模，每天夜晚，用彩色电灯镶成的"青岛国货商场"6 字格外醒目。

　　旧中国的市场，外货可谓铺天盖地，席卷而来。工艺落后的国货四处招架，几无立锥之地。人们现在偶尔还用的"洋火""洋灰""洋钉"之类的词，就是当时外货倾销的写照。青岛是海港城市，外商势力更大，洋货比例自然更高。据 30 年代初统计，中山路一带的 15 家商店中，国货售额不到 40%，当时全市只有 6 家国货商店，其中纯粹出售国货的不过 2 家。在这种背景下，为什么会出现一个国货商场呢？

　　大家知道，中华民族的有识之士早就对洋货垄断市场痛心疾首，五四运动中就提出了"抵制日货""提倡国货"的口号，青岛人民在 1925 年五卅运动中也广泛地抵制英、日货物，但这都是群众自发的运动。1929 年国民党统一中国后，开展所谓的新生活运动，提倡国货就是其内容之一。上行下效，1930 年 2 月 7 日，以国民党市党部为主，成立了青岛各界国货运动委员会，组织了一场官办的国货运动。这场运动的声势不小，标语传单到处可见，"提倡国货，挽回利权""国货运动是救国运动""制造国货，济裕民生"的口号彼伏此起，四处还传唱"提倡国货歌"。

筹建国货商场则是国货运动中的一项实实在在的工作。该商场由各商店承租，只卖国货。开业时有 26 家商店在此营业，货物以百货为主，次为纺织品。商场有个特点，叫搞不二价交易，所有商品都明码标价，不得讨价还价，以树立诚实经商的威望。开业后，商店销售额每日在 2500 元左右，节假日可达 4000 元，颇受市民的欢迎。

但是，当时开展国货运动没有经济基础。旧中国工业落后，又受到外国经济的挤压，不可能控制整个市场，因此这场运动收效不大，特别是由于只言"提倡"，不敢提"抵制"，提不出有效的推广国货办法，结果场面上大家慷慨激昂，私下里商人仍我行我素，洋货照样横行市面。市政当局对国货运动也多是敷衍了事，像市政府、社会局、公安局等筹办单位，只是交了一二个月的活动费，就不再资助了。筹委会经费紧张，只好依靠摊派度日。就是国货商场内经营的商店，也多难持久，到 7 月底，已有 3 家停止营业。

黑市

易 青

　　黑市，今天的人提起这个概念，脑子里大概会出现马路上倒卖香烟、羊毛衫之类的情形。其实在建国前的青岛，搞杂货交易的黑市是小字辈。当时有三大物品称雄黑市，一曰黄的，二曰白的，三曰黑的，即黄金、棉布、烟土。倒卖的手法也千奇百怪。

　　以黄金为例，本来黄金既不能吃，又不能穿，为什么要倒金子呢？原来旧中国发行的纸币没有什么信用，政府滥印纸币，吸收现货。只要把钱印出来，任凭你物价多贵，他买也是白捡的。纸币越发越多，市场的物价随之高涨，市民手中的钱也越来越不值钱。因此，市民为了保住手中纸币的价值，都愿意买成值钱的黄金。不过市民也要买东西，但又不能用黄金去买，只能到市上卖出黄金。这有买有卖，便有了大发黑市财的机会。

　　黄金与纸币的价格起伏不定，黑市交易主要做的就是差额生意。对一般的交易者来说，挣的是买与卖的差额。因为市场上的黄金交易，并不是直接买卖，而是有 1 天的定期。就是说，早上出卖的货，双方只是在一张纸条上写明谁出谁入、交易多少、什么价钱、交货地点，到晚上才上门取货。这个纸条叫"符"（音副），1两黄金叫一符儿。这一天时间就有空子可钻。比如早上金价10万元1两，甲卖给乙后，下午行市下跌，1两只卖5万元，甲就可以到丙那里买1两，晚上交给乙。这样甲未花1文，白挣了5万元。

到后来，黄金市场由暗转明，先是在国民桥，被驱散后又聚集在德县路，地点几经变化，买卖却越做越大。市场上交易人成堆成片，有拿钱的，有拿1两1个的黄金小元宝的，若无其事地站着交谈着。他们的交易由静而动。一个人伸出手来比着数目，喊"多少多少我要"。如5.8万买，他手比着八，口里喊"五八我要"。愿意卖的人便凑过来，大家也围住他俩。人丛中二人各写各的纸条，算成交了，晚上结账，钱货两清。

黄金黑市价格看似自然波动，实际上受别人的操纵。这些人对各地黄金价格、交易情形掌握得一清二楚，他们经算计后，或吸或吐，操纵着市场。他的经纪人到市场后，想吸就一个劲地要，吸不动就加价，一加再加，别人也跟着他的行市跑，各自忙着成交。然而那些操纵者，也许趁机派人卖出了比他吸进数目更多的黄金。价格是他哄起的，他却以高价卖出低价买入的货，获利于不动声色之中。而那些想做黄金生意的小市民，十有八九要被人摆布。所谓黑市上是大鱼吃小鱼，小鱼吃虾米，道理就在这里。

美军驻扎青岛后，黄金市场上又添了美金这个新"家族"。由于黄金是以两为单位交易的，美元则可以一元一元地交易，而且全是现货交易，涌入黄金市场的人越发多了起来。不过，总起来算，一般人还是赔钱的多，赚钱的少。对平民百姓来说，这条路布满了陷阱，不知什么时候会落入别人的圈套。

万国储蓄会的内幕

王宜奄

　　1912 年 10 月间，法国人在上海法租界爱多亚路七号（现为延安东路）设立了万国储蓄会。它以有奖储蓄的办法吸引了我国民间大量资金，在我国风行了 20 多年。我自 1923 年至 1935 年在该会任职十一年半之久，先在济南，后迁青岛。现就个人记忆所及，以及同过去几位老同事交谈的情况写成这篇材料，遗漏和错误之处希知情者补正。

　　万国储蓄会的资本总额仅为白银 6.5 万两（实缴二分之一）及法国币 200 万法郎（实缴四分之一）。它曾在上海法国总领事馆注册，并于法国政府贸易部及中国北京政府财政部登记备案。根据 1927 年的资料，该会董事会是由五个法国人和一个中国人组成的：董事长菲诺，董事比典、柴甫奥克斯、买地尔、西比门，中国人是叶琢堂，司比门兼任总经理。叶琢堂当时是上海著名的大亨之一，他兼任上海英商摩利洋行的董事及买办，又是汉保勒洋行的总买办。万国储蓄会聘任叶琢堂为董事是借用他的势力和号召力。

另外还聘请上海有名的麦克罗会计事务所的人为会计师，方升平等为监察人，法国人地朗则尔为查账员，以壮声势。总经理司比门总揽上海总会一切大权，并雇用章鸿笙为华人经理，以便开展储蓄业务。经理部之下设有新会、借款、出纳、会计等部门。经理部之外还设有推销部，是推广业务的主要部门，由叶琢堂推荐其女婿李叔明担任推销部经理，招聘一大批熟悉储蓄业务的人员担任推销员。推销员可以享受一定的扣佣。

万国储蓄会的分支机构遍及全中国，大致可以分为区分行、省分行、分会、支会等。如天津区分行当时管辖着北京分会和山东省总分会以及华北各地的分会。在国外方面，暹罗（今泰国）也设有分会，专门吸收国外华侨的财富。总的来看，万国储蓄会到 1934 年业务极盛时期，可以说是遍布全中国各省市县以及较富庶的城镇，实乃无孔不入。

在旧社会，万国储蓄会开办有奖储蓄，分为全会、半会、四分之一会三种，全会每月存储 12 元，半会每月存储 6 元，四分之一会每月存储 3 元，规定 15 年期满后分别发还本金 2000 元、1000 元、500 元，另外还分配红利。其办法是每月开奖一次，按照储蓄单的号码中签领取奖金。以全会为例，特奖一个独得 5 万元，头奖 50 个各得 2000 元，二奖 50 个各得 300 元，三奖 50 个各得 200 元，四奖 50 个各得 100 元，尾奖 1 万个各得 12 元。

奖金的来源，根据该会章程规定，每月从所收存款总额中提取。该会每月印发全会会单号码 10 万号左右，10 万号收入存款总额为 120 万元，从中提取 25% 作为奖金，计 30 万元。其余 90 万元则投资于英法租界的工部局、自来水公司、煤气公司、地产公司以及跑马场、跑狗场等，用以榨取利息。

这种奖金的数额是随着每月发行会单号码的增减而逐月递增或减低的。万国储蓄会的业务之所以能迅速发展起来，每月发行会单10万份左右，主要依靠大力宣传。其宣传方法如下：

（一）各地分会每月接到上海总会开奖中签号码电报后，即送各大报纸刊登，广为宣传。一般是利用四分之一版的篇幅，大字登载，广告费不予计较。

（二）各地分会接到上海总会所寄的正式开奖对号单后，立即通过邮局寄给每个储户一份，如有其他宣传品即随对号单一并寄出。当时青岛分会就有两个固定职员，专门担任写寄对号单信封的。

（三）如缺乏其他宣传材料时，则印刷一些一般的宣传品，这些宣传材料利用"节约储蓄乃美德""积腋成裘""积少成多""轻而易举""以少博多"和"发财致富捷径"这一类十分动听诱人的词句寄给每一储户，或随同章程寄给函索章程者。

（四）一种颇有诱惑力的宣传品，即报道得奖人的感谢信。一年当中，各辖区总有一次或二次得中特奖的，遇到这种机会绝不放松，除要得奖人广为介绍亲友入会外，并要求得奖人写一封感谢信，说明得奖事实及领奖经过，登诸报端。如1926年春，山东省总分会的宣传材料中有："请看去年9月份开奖得特奖储户曹县李西山及东明县李筵升等，入会仅年余，各缴储款四五十元，即各得特奖6854元5角。又本年2月份开奖得特奖的青岛储户蓝记君入会仅10个月，缴款只30元，即得7272元2角5分，何幸如之。"诸如此类的宣传材料，其诱惑性之深可以想见。

该会在山东的业务由巩固到发展，十年来一直是直线上升，从1924年的每月收入储款数千元，增加到1934年极盛时代的每月收入储款达 13 万余元之多。它在山东省各地共设立了 48 个分会。

1927 年北伐军沿津浦铁路北上，在济南的外国人纷纷避难来青岛。万国储蓄会山东总分会也迁来青岛，改为青岛分行。因此，山东全省的重心，也由济南移到了青岛。行址原在北京路 66 号，不久因业务扩张，不敷应用，遂租用馆陶路 2 号为会址。

由于我国人民逐步觉醒，看清了万国储蓄会的内幕，我国经济学专家马寅初首先于 1933 年左右，在报纸上给予了揭露和抨击。在全国人民的压力下，国民党政府下令取缔该会。当时青岛分行自 1935 年 7 月 1 日起，停止招揽新会业务，挤提的风潮，亦随之而起，人人手执会单到万国储蓄会青岛分行提取现款。挤提情况非常混乱，拖延了半年之久，方才稍为平息。

1937 年经理凯义辞职，后继者法国人巴贝纳，继续负责办理结束事宜。直到 1937 年冬，青岛方面发还会本事宜才算基本结束。部分尚待清理的储户，则一律移归上海总会办理。至此，法帝国主义盘剥中国人民的万国储蓄会，终于宣告灭亡。

小生意与小伙计

牟　木

　　旧青岛的平民百姓，多数靠做工为生，也有不少人靠小生意、小活计为生。街头巷尾，摆摊的，沿街叫卖的，形形色色，样数繁多。

　　每天早晨，到处都有小贩卖早点的。青岛人早上爱喝豆汁，也就是老青岛人叫的"汤子"。小贩将赶早煮开的豆汁装入挑子里，放不起白糖就用点糖精，摆到人多的街口。在贫困线上挣扎着的一般市民，多是喝上一碗豆汁果腹。豆汁挑子还带有桃酥、油条、油炸糕之类的面食，供路人选购。

　　食品摊子在夜间也时常见到。不过这类食品摊的主顾，当然不是买不起夜宵的平民百姓。一班达官贵人、富老阔少，麻将之余，舞罢之后，也会感到饥肠辘辘，摆大酒大菜不是时候，便打发用人到食品摊上买点馄饨、水饺之类的小吃，夜里的食品摊便应运而生。40年代初青岛有2个煎饼果子摊备受青睐。这种用绿豆浆做浅的煎饼，裹上油条、鸡蛋，连那些吃惯大鱼大肉的阔佬也感到清香可口。

卖穿的小摊和今天相反，以卖旧服装为主。他们卖的衣服，多是由当铺购买的。许多人当的东西过期后，当铺便销给小贩。小贩略加整理，就在热闹的街口摆个案子，或者干脆摆在地上，供买不起新衣服的平民百姓挑选。当时，一般人置件好衣服很不容易，因此这些旧衣摊的生意格外兴隆。

靠小手艺吃饭的也大有人在，像修鞋的、洗衣服的、弹棉花的，他们多是从事与市民生活有关的一些活计。当时常见的一种活计叫锔碗的，现在的人可能不明白，打碎个把碗算什么，买个新的就是了。那时的人实在太穷了，买个碗也要掂量掂量，多数人舍不得把破碗破盆扔掉，找锔碗的，把碎片一一兑起来，用金刚钻钻上眼，打上锔子，再对付着用一阵。锔碗小贩多是沿街寻找主顾，在挑子上装上一面锣、两只小锤，走起来"丁零当啷"作响，主顾一听就知道锔碗的来了。话说回来，锔碗的最愿意在饭铺前溜达，因为在这儿一旦揽到活，一锔就是一大堆，不愁没活干。

小贩不仅有卖东西的，也有买东西的。像旧货贩子，他们四处奔走，收购市民的废旧物品，再卖出去，从中谋利，人称"收破烂的"。

商品推销战

年 木

商店出售货物，要想办法招徕顾客。旧时的店主搞的商品推销术可谓花样翻新，无奇不有：你说你比我强，我说我比你更强；这家商店大减价，那家商店就搞清仓处理；东边绸缎店卖货放尺，西边的呢绒店卖货送礼品。彼此明争暗斗，都想出奇制胜、压倒对方。

不过有的倚老卖老的店铺，不肯多花钱，以为是老牌号，总有一部分老顾客会光顾的。殊不知人家薄利多销，变样推销，迎合了市民心理，使自己无形中失去了大批顾客。于是，这些老店也不得不随波逐流，卷入相互倾轧的潮流。

有的店组织人上街游行做广告。花钱请人扛着花红柳绿的旗子，再拼凑些吹鼓手，大吹大擂，招摇过市，一边走还一边撒传单，引得路人驻足围观，起到了介绍商品的作用。

有的商店利用音响吸引顾客。当时无线电收音机、手摇留声机都是稀奇东西，店主把这些玩意摆在门口，不管京剧、评剧、流行歌曲，浪里浪气大唱一番，便会引来听众，其中一些人会到店里转一转，买点什么东西。这一招在夏天格外有效，晚上市民无处避暑消遣，就袒胸露背沏上壶茶，在店外人行道一坐，免费听戏，倒也自在。当然要花钱的时候，首先想到的自然是这家商店了。

推销商品最常用的方法，还是在报上做广告。翻开旧报纸，广告用语无所不用其极。或者自吹自己的商品质地好，"首屈一指""品质优良"；或者自称物价最低，"定价最廉""贱中又减价"；或者标榜服务质量高，"各货齐全""竭诚服务"。搞年节降价、纪念推销生意时，广告占的版面更大。像一家名叫"天宝"的银楼，开业20周年搞纪念大减价，宣称货物大减价，凡购买各种金饰，一律"照原本对折"，银货一律"照码九折"。宣称同时搞大赠品，如顾客买50元以上的东西，再赠送特等毛巾1条。

吹嘘自己倒还有情可原，有的商店还不满足，想方设法踩对手一脚。1941年卖钢笔的张聋子店和美利时分行在同一时期的同一张报纸上竞相做广告。张聋子自称他的钢笔"精细、玲珑、雅致、美观、受使，顾客得此精品皆大欢喜"，价格上每支少收1/5，还为顾客电刻姓名，不取分文。受到威胁的美利时则立刻推出一笔两尖粗细咸备的两用笔，特意点出自己的货都经政府注册，要大家"谨防伪货冒充"，卖法上则搞"买一送一"，买钢笔还可以得到一支其他的笔。两家你来我往，互不相让，倒让报社多赚了一笔广告费。

话说旧风俗

张　蓉

　　人生有三件大事：出生，结婚，死亡。在青岛旧时的风俗中，这三件大事是顶顶重要的。我们从 60 年前的老风俗中窥见一斑，看一看青岛人过去的生活。

　　人生三部曲的第一部是出生。婴儿的降生可是件大喜事，一定要告诉父族与母族。等到小孩生下第三天，要举行汤饼会，用红蛋和面条来招待亲戚。亲朋好友和邻里乡亲也用这作为贺礼，而富裕的人家用布匹和首饰等作为馈赠。生了男孩，还要把弓箭悬挂在门上，可能是期望孩子长大后成为一个勇敢的人。做父母的常常是先给婴儿起个乳名，譬如叫小石头、二愣子之类，等到上学或是娶亲时才正式命名。

　　人生的第二部曲是结婚。市内的居民因籍贯、教育、宗教的不同而稍有差异。乡间的习惯仍是奉父母之命、媒妁之言。小两口本来不相识，订婚时要置备"六礼"（即六样礼物，具体情况因各地风俗不同而有差异）送到女方家。下聘礼时有媒柬、庚帖及衣服、首饰之类，这被俗称为下插戴。贫困人家则用布衣、银饰相赠。也可折合成钱物，贫家送20千制钱，而富裕之家则是贫家的10倍。新娘子结婚时应穿的衣服由男方置备齐全，送到女方家。女方则选吉日将妆奁送到男方家，称作过妆。迎娶那一天，新郎到新娘家亲自迎娶，大办酒席。新娘入门前先敬拜神灵，称作告天地。进了洞房称坐帐。第三天早晨拜见公婆和亲戚长辈。结婚四天后，新娘在新郎的陪伴下回娘家去。

人生的第三部曲是死亡。父母亲去世要更换孝服。4天或7天时要去通知至亲。孝子每天晚上应睡在席上，枕着木块，百天以后才能睡在床上。3年后才能除下孝服。下葬之日，祭奠辞灵，诵经超度，葬礼时不能停下棺柩，这些都与古代风俗相近似。邻里相助，也要设酒宴答谢，而石碑与墓碣也要遵照旧制。

婚礼与葬礼在礼节方面不要有不周全的地方，而至朋好友的私宴则可以随意，丰富或俭省皆可，不要求崇尚虚文。

这些20世纪20年代的旧风俗，只有很少一些延续了下来，而更多的已随着时光的流逝而消失。这些旧风俗也许在不久的将来我们只能从史书上才看得到了。

救护美国飞行员威廉·则普利曼

赵实甫

第二次世界大战后期的 1944 年春，当时的盟国美国派陈纳德将军率空军第十四航空队来华助战。他们的飞机主要是破坏日军控制下的铁路、桥梁、港口、军营、机场等。自此，经常有飞机到青岛地区轰炸或扫射，破坏日方的交通运输线。其中的 P51 型单座机以扫射为主，专门袭击火车头。日军为保证铁路运输畅通，便强征民夫在胶济线两侧每隔一定距离，修筑一段高大的石墙，遇空袭时，火车头驶进石墙的夹缝中躲藏。十四航空队的 P51 型飞机性能较好，在俯冲中可仄立飞行，能从顶端扫射躲在石墙中间的火车头。他们只打车头不打车厢，意在不伤害中国乘客并达到破坏敌交通线之目的。每当盟军的机群来到青岛地区上空时，日军就发出空袭警报并组织对空火力进行抵抗。日本人纷纷钻进防空洞躲避，中国人则大都不肯进洞，而喜欢观望空战。有一次一架日机在空战中被盟军飞机击落，观望的中国人都拍手称快，欢喜雀跃。结果有不少人遭到日寇的逮捕或毒打。

　　一天，十四航空队的几架飞机在青岛地区作战时，一架 P51
飞机被日军高射炮击中，摇摇摆摆飘过了浩瀚的胶州湾，在小珠
山坠落。当时姜黎川部正驻在小珠山一带，其一团团长韩福德立
即率部队前往营救。当他们赶到现场时，见美国飞行员在跳伞时
跌伤了腿。他耳朵上还扣着耳机子，看到围上来许多士兵，又惊
又怕。韩团长通过会英语的×××向他说明："我们是抗日游击
队，是来救你的。"这时他脸上露出了笑容，神情不那么紧张了。
他说："你们要把飞机烧掉，不能让它落入日军手中。"于是韩团
长立即派人焚烧飞机，美国飞行员望着熊熊大火，点头表示满意，
接着由身强力壮者背起他，撤离了现场。走不多远，由胶城开出
的 5 辆满载日军的汽车就赶到了小珠山，他们是接到青岛方面的
电话来捕捉飞行员和抢缴飞机的。一见飞机已烧毁，飞行员也被
游击队抢走，就向姜部开火。韩团长当即指挥部队与日寇展开了
战斗，副营长傅伯诚（黄埔 17 期毕业）在此役中阵亡。韩团长见
护卫飞行员的人已安全撤走，便适时撤出战斗。日军白跑一趟，
败兴而归。

　　被抢救的美飞行员叫威廉·则普利曼，他在游击队的护卫下，
很快到了宿营地。经医官检查腿部撞伤，并不严重。他随身携带
着《空军手册》，内有图片和文字说明，以供在太平洋地区作战使
用。我懂英文，曾翻看过这本小册子，记得其中有这样的内容：
"如果飞机被迫降在无人岛屿时该怎样求生？可供食用的动、植物
有蜗牛、蛤蜊……蛤蜊虽然生活在高盐分的海水里，但它体内所
含水分是不带盐分的，吃此物可解决饮淡水问题。"他还带有一本
《中国地图册》，凡中国各行政区有抗日游击队的区域均用红点标
明。当时他的座机受伤后之所以努力操纵向海面飘翔，就是因为

他从地图上得知小珠山一带有抗日游击队。威廉·则普利曼还向游击队展示出一条白绸带，上面印有"友邦人士，来华助战，凡我军民务必予以援助，所需物资由军事委员会偿付"的中文字样。

为了这位友邦人士的安全，姜部对威廉的住所严格保密，即使内部人员也不得随便与其接触。我虽在姜部上层机关做事，但很少同威廉见面，不过姜澄川还时常告诉我一些有关情况。军医很快就医好了威廉的腿伤，姜黎川、姜澄川等要员经常对威廉进行安慰，并派人到青岛、胶州等地购置西餐餐具，专做西式菜点供他食用，威廉对此深表感激。过了一段时间，他提出要穿中式服装、吃中国饭菜，以便利于随军行动，游击队满足了他的要求。威廉·则普利曼为人很好，我们同他混熟了，就问他为什么提出不吃西餐？他说："这些日子，我看见中国老百姓太苦了，生活水平低，又在艰苦的抗战时期，我不能给中国添麻烦。"他不会使用筷子，吃面条用手抓，结果烫得疼痛难忍。后来发现他爱吃包子，游击队就蒸一些，让他装在背包里随时吃。

十四航空队的飞行员不会打电报，只会用无线电口头联络。威廉·则普利曼要拍电报同家人联系，游击队就把他的电文发到山东调查统计室，中转重庆后发到美国，威廉的亲属从美国也回过电。自从他同家人联系上后，如释重负，显得很快活。威廉曾提出要参观八路军滨海部队，因当时"反扫荡"任务艰巨，行动不便，游击队没有送他去参观。

1945年9月，日寇投降后，姜黎川到青岛与美军联系，将威廉·则普利曼交与驻青岛美军，使他顺利回国。

政坛浮光

第四辑

德国侵占胶州湾

牟　木

1897 年 11 月 1 日，山东巨野发生了一件在汹涌激荡的历史长河中本来算不上什么大事的事，当地富有正义感的人民处决了两名为非作歹引起民愤的德国传教士。但是，有人风闻此事，却大喜过望，额首称快。德皇威廉二世情不自禁地吐露，中国人终于提供了我梦寐以求的借口，他下令实施其蓄谋已久的占领胶州湾计划，由此引发了一轮帝国主义瓜分中国的狂潮。

当时，德国远东舰队只有区区 5 条军舰，最大的是一艘 7676 吨级的二级战斗舰。德军司令狄特立希海军少将远征胶州湾，靠的就是这么点实力。11 月 13 日上午，他率旗舰"羚羊"号及"威廉亲王"号、"哥尔莫兰"号驶抵青岛。昏庸的清朝守兵茫然不知其真意，竟对德军谎称"演习"信以为真，毫无戒备。守将章高元甚至真切地盛邀德军头目赴宴言欢。14 日上午 7 时许，德军 720 余人兵分两路：一由马蹄礁登陆，抢占清军的军械弹药库；一由栈桥上岸，占据要地，挖壕架炮，造成军事进攻的态势。在此期间，清军再次表现出愚钝可怜，有的列队欢迎行将把刺刀指向自己的德军士兵，有的与德军嬉戏赛跑，会说几句外语的更是神采飞扬，洋洋自得，而主帅章高元则恭恭敬敬地向路过衙门的占领军表示敬意。德军未动干戈，完成军事部署后，毫不客气地向章高元提出照会，限清军3小时内撤至女姑口、崂山以外。至此，章高元还不相信事实，以为翻译搞错了，一再要退回照会。面对几百德军，统率上千人的章高元先是丧失警惕，后又懦弱怯战，以"恐开兵端"为由，仓皇撤兵，退守四方。不费一枪一弹占据胶州湾的德兵，这时却忙于鸣炮21响，庆贺自己强盗行径的得逞。

德军侵占青岛，使在列强面前惶惶不可终日的清政府惊恐万状。王公大人轮番出面，甚至请外人从中调解，急于谈判妥协，劝退来兵。无奈德国吞并胶澳决心下定，其驻华公使海靖先借口有病拖延表态，11月20日又提出了6项要求，有意在解决教案的细节问题上纠缠不清，不谈如何撤兵，为德军巩固侵略成果创造条件。延至12月下旬，德国增援舰队即将来华的风声四起，海靖真相毕露，拒不签署已允诺的教案6条，进而提出"租借"胶州湾等要求。一方苦苦哀求、步步退让，一方咄咄逼人、得寸进尺，直到次年3月6日签订《中德胶澳租借条约》，清政府才以租借青岛、承认山东为德国势力范围为代价，换回教案现已商结的承诺。

收回青岛的国际斗争

易　青

第一次世界大战期间，日本攫取了德国在青岛的权利。战后，围绕交还青岛问题，展开了复杂的国际斗争。

1919 年 1 月，协约国在巴黎召开和会，这是一次典型的列强分赃会议。会上，作为战胜国之一的中国提出，应将青岛及山东主权直接归还中国。日本则主张青岛、胶济铁路及其他特权应由德国转让日本。对中国的抗议，日本表示中日对青岛问题业有《二十一条》等成约，应由两国单独解决，企图避开国际压力，逼使中国承认日本占领青岛的既成事实。对此，英、法、意等国故不表态，究其原因，该 3 国早在 1917 年就与日本订有密约，承诺议和时支持日本继承德国在华权利。只有美国，出于抑制日本扩张势头和在华利益"各国均沾"的考虑，提出了先将青岛交给美、英、法、意、日 5 国共管，将青岛辟为商埠后再交还中国的主张，意在防止日本独占青岛。这一主张遭到中日两国的反对，日本甚至以退出和会相要挟。于是，列强在牺牲中国主权的基础上达成了妥协，制订出所谓"政治主权归中国，经济主权归日本"的荒谬办法，同意将德人获得的一切权利交给日本，待日本"自愿"将山东领土主权交还中国，保留共经济特权，从而满足了日方的要求。中国外交失败的消息传到国内，立即引发了著名的五四运动，全国人民喊出"还我青岛"的口号，掀起了反帝爱国的"青岛潮"。

由于中国人民的强烈反对，中国政府拒签巴黎和约，和约中关于青岛的条款概无效力，青岛问题遂成悬案，日本也就没有达到通过和约"合法"占领青岛的目的。随着中国人民反日运动的不断高涨，日本在华经济损失惨重，它不得不承认赤裸裸地霸占青岛难以持久，便一再照会中国政府，诱使中国直接交涉青岛问题。中国政府则坚持不直接交涉的立场，双方公文往来辩驳，终无下文。

战后日本在远东势力急剧膨胀，美、日、英3国矛盾激化。为协调列强在远东太平洋地区的利益，1921年7月美、英、法、意、中、日等国召开华盛顿会议。中国代表在会上再次提出日本应交还青岛。日本虽拒绝公开讨论青岛问题，但接受美、英两国的提议，同意中、日两国在会外自行谈判。中国在日本答应双方从事实上讨论，不以《二十一条》为依据，会议公开，美、英列席，从速议决等条件后，不顾全国人民的反对，同意举行谈判。谈判中，经中国政府作出许多重大让步，两国于1922年2月4日签订《解决山东悬案条约》。日本同意将青岛交回中国，中国政府同意日本在青岛保留大量政治、经济、军事利益。到1922年12月10日，中国政府收回了青岛，围绕青岛的国际斗争才告一段落。

不择手段的敛财术

杨 昊

北洋政府统治时期，青岛成为军阀榨取财富的宝藏。他们肆意横征暴敛，坑骗搜刮，无所不用其极。兹举几端列下：

1922年接收青岛后，首任督办是直系军阀"大帅"曹锟的亲信熊炳琦。曹锟志在当大总统，不惜采取臭名昭著的贿赂议员、拉选票等手段，贿选的经费有相当一部分就是熊炳琦从青岛搜刮的。熊炳琦一上任，就忙于敛财，先是打算向日人出售公产，遭到舆论反对后，又出售胶澳电气公司股权，改为中日合办，所得资金大都送至保定，为曹锟助"选"。青岛著名报人胡信之曾斥之为"以其明在青岛作督办，实则为保方掠钱财"，"故舆论中谓青岛为保方之外府，熊为外府之管家"。

继任督办的高恩洪则受益于军阀吴佩孚。高恩洪为报吴佩孚的提拔之恩，替吴氏在青岛开办地方银行，发行青岛地方钞票达100万元，远远超过了资本额。他还派人持青岛地方钞票到其他银行强行兑提现金。用自印的纸币换得现金，可谓高恩洪敛财

154

"高明"之所在。

1925 年奉系势力控制青岛。奉系在山东的头子张宗昌强取豪夺，更是不择手段。他将青岛地方银行发行的钞票加盖山东省戳记，继续流通，发行的数额高达千万元之巨，并依仗军阀势力强行流通全省。一时间，纸币成灾，物价昂腾，市面流通梗塞，民生涂炭。张宗昌还感到不过瘾，竟然于 1925 年发行山东省公债券 292 万元，1926 年到 1927 年发行山东省军用票 1800 万元，以维持 10 多万军队的开支。张宗昌的士兵手持军用票强行买卖物品。甚至到 1927 年 11 月 11 日取消军用票后，各行政机关均不收取军用票，而军事机关仍旧强令商民收用。有的官兵还特意用毫无价值的军用票大肆收买珍细物品，动辄以武力相逼迫。商民四处呐喊："该票较之废纸又有何别！"

在军阀的搜刮下，20 年代青岛财政入不敷出，各业凋零，有时连政府职员也无薪可发，哪里谈得上搞建设呢？

"五卅"运动中的青岛人民

潘积仁

1925 年 5 月 29 日，日本帝国主义勾结中国反动军阀制造了青岛惨案。翌日，上海又发生了震惊中外的"五卅"惨案。惨案发生后，上海爆发了声势浩大的罢工、罢课、罢市运动，全国各地也掀起了反帝斗争的浪潮。青岛人民在中共青岛组织的领导下，从 6 月至 7 月上旬，也积极投入了这一浪潮。

刚刚经过罢工斗争锻炼的胶济铁路工人，在中共四方党支部负责人李慰农的直接领导下，先后组织了"胶济铁路总工会沪青惨案后援会"，到市内游行示威，抗议帝国主义和反动派的暴行，同时在铁路工人中发动募捐。工人们虽然每日所得甚微，但他们节衣缩食，慷慨解囊，有的捐银圆，有的捐衣褥。"总工会沪青惨案后援会"将每日募捐情况置于报端，以扩大宣传和影响，鼓舞工人的斗志，胶济铁路沿线不断汇来大批捐款。另外，他们还深入市民及郊区农民中进行宣传和募捐。沧口日本纱厂的工人，平日饱受日本资本家欺压和剥削，对遭受帝国主义残酷镇压的青沪

156

罢工工人深为同情，纷纷组织起募捐宣传队。钟渊纱厂工人王星五、吕崇修等60多人发起组织了"沪青惨案沧口钟渊纱厂救济会"，他们第一次就凑集了540元大洋。另外，华新纱厂等民族工商企业的工人也踊跃捐款，支援上海、青岛工人的反帝斗争，充分体现出工人阶级的高度觉悟和团结战斗精神。

青岛大中学校的学生，联合组织了"各校学生后援会"，一方面进行政治宣传，揭露帝国主义的暴行；一方面积极募捐款项，支援工人的罢工斗争。青大学生还组织了剧团，演戏募捐，先后演出了两场话剧，募到1200余元，支援青沪两地罢工工人。

另外，民族资产阶级由于一定程度上也受外资压迫，因此同帝国主义也存在矛盾。在轰轰烈烈的反帝浪潮推动下，以青岛总商会为中心的13个团体，也联合组织了"沪案后援会"，派人向各家厂商募捐。但总的说来，民族资产阶级的反帝热情远不如工人阶级和学生，其捐款项相对其生活水平也远不及工人群众。特别是大资产阶级，他们不但自己吝于解囊，而且肆意挥霍募集来的款项，其所派出的"募捐团"，坐汽车，食洋餐，花费均从捐款里开支，因而被人们称为"摆阔募捐团""分肥募捐团"。当时进步报纸《公民报》除了大力宣传募捐，报道工人群众的捐款活动外，还严厉批评和揭露资产阶级的消极态度和卑鄙勾当，因而遭到以总商会为代表的大资产阶级的忌恨，他们串通一气，以不看《公民报》、不在《公民报》上登广告为手段进行报复。

截至7月上旬，从青岛汇往上海的捐款达7500余元，另外一部分捐款由"胶济路总工会沪青惨案后援会"负责救济四方各纱厂失业、被捕和伤亡工人及其家属，青岛人民的义举，有力地支援了沪青两地工人的反帝斗争。

青岛渔民的抗税斗争

吴道林

二十年代，青岛地区沿海各村的农民，除种地以外，还靠下海打鱼来补助生活。

在德、日统治青岛时期，渔民每年除交纳一次粮钱税以外，不再加征别的捐税。1922 年 12 月，中国政府从日本手中收回青岛主权后，历任胶澳督办及军阀张宗昌曾数次拟加征渔航捐税，曾派高桐迟来青岛设立渔航局，征收渔航捐税，当时激起沿海各县渔民的强烈反对，又因主事人贪污，渔航局被迫取消了。

1929 年春天，山东沿海渔航总局再次来青岛设征收渔航捐税机构，在阴岛、沙子口等地张贴布告，催令纳税。山东沿海渔航总局局长李天倪，不顾渔民死活，作出了以下渔航捐税的规定：甲等船收 14 元 2 角，乙等船收 8 元 2 角，丙等船收 4 元 2 角，渔船进港一次就要收捐税一次。加收如此苛刻的重税，激起了渔民的公愤。7 月下旬，渔民的抗税风潮逐渐扩大，胶澳区内数万渔民决心与李天倪斗争到底，提出"头可断，税不可纳""不取消渔航捐税决不罢休"。

青岛地区渔民代表曾直接呈文或通过商会多次向青岛接收专员公署、青岛特别市政府转呈渔民的意见，反对山东沿海渔航总局来青岛征收渔税。青岛地方政府对渔民多次提出撤销渔航局，停征渔航捐税的要求采取敷衍搪塞态度，没有及时向山东省政府、省财政厅反映情况，而是消极地以"不属本府管辖""无从核办"为由，让渔民"径向主管机关呈诉"，听任渔航局继续在青岛地区向渔民、航商征税，又进一步激起了渔民、航商的公愤，使矛盾激化。

渔民代表除向青岛特别市政府写呈文反映意见外，还派代表向市长当面陈述意见，印发《胶澳全区渔民航商敬告各界同胞宣言书》，广造舆论，在罢工中争取社会各界人士的支持。

1929年7月中旬，胶澳全区数万渔民、航商愤起罢工，抵制渔航局的横征暴敛。7月24日，阴岛官疃村渔户把头车中云等召集阴岛16村的渔民把头在前佛山开会，决定7月26日召开千余人的渔民大会，28日组织各地渔民到青岛请愿。

7月28日上午，200多名愤怒的渔民分乘汽车、火车，从女姑、城阳、沧口、四方等地齐集小港，在中午12时，趁小港一带卸货人多拥挤之际，突入朝阳路18号渔航分局，将门窗办公用具捣毁，将督察员商玉麟、办事员马肇基、巡役刘登元等人打伤。市公安局局长闻讯前往制止，因无法查清毁局殴人是谁干的，只得将受伤的人员送医院治疗，又将渔民代表车中云等人交保释放，让他们劝导渔民"勿再滋事"。

沿海各村渔民为了达到免捐的目的，决定在29日黎明再次来青岛进行大示威。这时，青岛市市长如临大敌，决定暂行停征渔税，赶印布告到处张贴。派定澳、靖澳两舰在团岛、小港海面游弋，派保安队担任陆地警戒，集合沿海各分驻所警力进行防范。沿海各村数千渔民在深夜分乘百余船，趁黑夜借风势纷纷进入小港，渔民越来越多，市公安局局长厉尔康见势不妙，不得不"委曲求全"，以公安局第三分局名义："权允其伤害损坏一案不再追究"，才勉强把渔民劝回。

7月24日，山东沿海渔航总局局长李天倪称"病"辞职，委托科长李家骐代行局务。于25日深夜，匆忙乘车逃回济南。

山东省财政厅接到李家骐7月28日关于渔航局小港经征处被砸、职员被殴伤的急电后，向青岛特别市政府转告："山东沿海渔航总局经省务会议议决裁撤，所属各分局一律限于7月底结束。"至此，历时4个月的青岛地区渔民、航商抗税斗争，终于取得了胜利。

李先良与崂山抗日

宋康平

抗日战争期间，在崂山活跃着一支游击部队，这就是李先良率领的青岛保安总队。

1937年日军攻入山东后，各地国民党官员仓皇逃遁，呈无政府状态。一些所谓的"游击队"各自占山为王，划地为界。崂山就有一支锄奸团，这便是崂山最早的游击队。

1939年3月，李先良任鲁东行署主任期间，把青岛市区零散的游击队整编为鲁东行署独立营，率独立营2个连进驻崂山华岩寺，称青岛保安队。1941年改编为青保大队，后又扩编为保安总队，人数最多时有5000多人。1942年李先良代理青岛市市长，兼任保安总队司令，并把市政府设在华岩寺。此后几年，李先良便以崂山为抗日根据地。

当时崂山抗日的条件是很艰苦的。部队弹药枪支奇缺，军服一年只发一套单的、一套棉的；粮秣多是清水煮地瓜干，坚持下来殊属不易。尽管条件如此恶劣，但李先良凭借崂山优越的作战条件，采取"避实击虚"等战术，在抗日民众的支持下，与日军四处周旋，迭克登瀛、大劳、黄山、柳树台、王哥庄、汉河、沙子口等日伪据点，偷袭日本纱厂，获得大量布匹，在崂山扎下根，成为驻青日军的心腹之患。

在与日作战中，青保打了大大小小80多次战斗，共缴获枪支834支、子弹26178发，毙敌384名，伤敌99人，俘虏406人。在历次交锋中，青保也屡遭磨难，损失不小。像1943年7月27日李村区石门一仗，日伪军分9路计千余人，在飞机掩护下，突袭青保防地。保安一大队队员身陷重围，与敌格斗达6小时之久，被迫转移。是役，青保阵亡5人，伤53人。而李村劫狱则是颇有建树的一役。1942年10月23日，日伪五六百名于拂晓携机枪6挺，猛袭大庵子山保安队驻防地，督察大队长高芳先等人身陷重围。次日，高芳先被俘，不久被押至沧口敌宪兵的监狱。敌初以利诱，继以严刑，勒逼投降，但高始终不屈。他秘密联络狱内其他被拘人员，作越狱之计，至12月3日深夜，格毙1名到监狱检查的日兵，并击杀敌伪宪兵1名，取其钥，率同被俘官兵及其他被拘人员30余人破狱而出。

青保的战斗虽小，但使日寇不得安宁，牵制了日伪的兵力，在抗战中发挥了积极作用。然而李先良坚持反共立场，多次与共产党搞摩擦，把"剿匪"与"抗战""除暴""安良"并列为四大口号，暴露出他反共的阶级本质。这在青岛光复后，他出任青岛市长期间表现得越来越明显。

接收还是劫收

辛 鹏

1945 年 8 月日本投降后，国民党占据青岛，党政军要员各施己长，为抢金子、抢位子、抢房子、抢车子、抢女子，展开了一场"五子登科"的劫收大战。当时的《民言报》曾议论："青岛接收后，巧取豪夺之风实在使人失望，多少新贵，多少暴发户，以至城狐社鼠、沐猴而冠之流都在酒醉饭饱，弹冠相庆。"

率先得利的，是国民党游击部队头目赵保原。他在 9 月上旬进城后，占了一所漂亮的房子，向市商会索要了 5000 万元的"爱国献金"。他那些没有得到实惠的士兵，则动手抢劫了天宝银号、福隆绸缎店，致使商民纷纷关门避风。

国民党政府任命的市长李先良，是 9 月 13 日进入青岛的。然而，早在 8 月 23 日，他就在崂山成立了接收委员会，派出 3 名代表进驻市区。市区丁敬臣、时品三等在日伪时期比较活跃的商人，为了脱去汉奸皮，争相向代表并通过他们向李先良送礼。李先良部下的大小官员按职位高低分别得到一套毛呢、毛哔叽服装，士

163

兵也分发了布料服装。直接送给李先良的礼品有首饰 530 多盒、小元宝 380 多个。于是，这些商人摇身一变，以资助抗战为名，成了功臣，丁敬臣甚至成为接收委员，当了一阵财政局局长。

进城后的李先良，公开向各界索要慰劳费。据当时的《大众日报》报道，金额达 3 亿多元。随后到来的国民党第八军也不甘示弱，借"劳军运动"，不到 3 天就网罗 1000 万元。这些钱多由商会分摊，挨门敲诈，谁人敢说不字呢？

10 月初，市党部主任、副市长葛覃，财政局局长孔福民飞青，把带来的 10 多个人塞进接收委员会。这批人一面扬言抓汉奸，逼商人送礼；一面把持接收委员会，相互提名，彼此推荐，各获所需。国民党军队则任意强占仓库，倒卖谋利。许多物资不翼而飞，一些仓库莫名其妙地发生"怪火"，查来查去也都不了了之，成为无名公案。

房子更是当时劫收的热点。葛覃来青后，首先抢占了莱阳路 31 号敌产楼房，孔福民占据了齐东路 43 号大楼。李先良见此情形，便据江苏路 27 号前日本领事馆的房子为己有。在市长、副市长带动下，抢房风愈演愈烈，有的人不择手段公开强占日侨住房。他们每占一处房子，就在门口钉上木牌，写上机关首长的名字，以防别人染指。

甚至日本女人也列入接收范围。当时人们常常议论某某委员弄了几个漂亮日本女郎，某某特派员搞了几个标致的日本女人充姨太太兼使女。在青岛当局宣布驻青日籍侨民大都遣返完毕后，日本通过美军情报部门的嘴放风，还有 200 多日本妇女没有下落，逼得警察局煞有介事地挨户调查。结果可想而知，当然一个也找不着。

　　1946 年国民党政府的接收清查团来到青岛，接到了 458 件密告或诉状，内容多是接收舞弊、处理舞弊、房地产纠纷、官吏贪污，但清查团也清楚接收内幕，他们得到的接收清册，多是接收后编造的，根本不是日方所交的原始清册。好歹他们根本无意清查，只是从中找出 11 件无关紧要的案子略摆样子，走走过场。这场劫收也就合"理"合"法"了。

青岛受降见闻

陈松卿

1945 年 8 月 22 日，国民党山东挺进军第十九纵队进驻青岛市郊区大枣园村，9 月底移驻城阳。驻防城阳期间，应邀派代表两人于 10 月 25 日出席日军投降典礼。该部派副司令考承先和我（任该部参谋长）前去。时友人侯圣麟已任《青岛公报》总编辑，我们为了顺便去看望他，提前来到市里青岛公报社。在报社，遇到熟人于滋秀，于当时任《青岛公报》采访部主任。约近 10 时，我们二人和于滋秀一起乘车来到汇泉广场，考承先去看台就座，我随于滋秀到记者席就座。

青岛的 10 月，正是金秋季节，这一天格外晴朗。汇泉广场已装扮一新，在广场北部中心，搭起了受降台，台上插着中美两国国旗。台上前部中央有长桌一张，桌上摆放着降书 10 份及水笔、毛笔、墨盒等文具，桌后有座椅两把，是受降官的主座。主座后面有 32 把座椅分列两排，以备参加仪式的中、美高级军官坐用。台上左右两侧备有特别来宾席。台下前方有一桌，供摆放日军投降代表呈献的战刀之用，左前方为新闻记者席，右前方为日军投降代表立候之处，会场中央设有后高前低梯次式看台。稍远处，受降台左前方排列坦克 40 余辆、卡车及通讯车 200 余辆；受降台右前方排列榴弹炮 40 门、战防炮 15 门、装甲车 200 余辆。军乐队居中，左右两侧各有步兵 3 队。

青岛市民陆续涌到会场，看台上坐满了人，周围的场地也挤满了人。11 时，军乐队奏乐，国民党军政部特派员陈宝仓中将、美国海军陆战队第六师师长谢勃尔少将乘车来到会场，下车相偕走上受降台就位。出席受降典礼的还有中方高级军官 10 人，美方高级军官 10 人。特别来宾国民党青岛市市长李先良及各局局长，市党部主任委员葛覃及各委员，亦相偕入席。日军投降代表第五独立混成旅团长长野荣二少将等 11 人，乘美军汽车来到会场，下车后，由美宪兵引导来到受降台前伫候。这时，会场上万头攒动，掌声轰鸣，欢呼中国抗战的胜利。

受降典礼开始，全场肃立，军乐队高奏中美两国国歌。乐声止，长野荣二解下所佩战刀，双手端刀，走上受降台，向受降官鞠躬呈献。其他 10 名日本军官在台下解下所佩战刀，依次鞠躬呈献，由美国宪兵接过，摆放在桌上，会场上再次掌声雷动。献刀完毕，长野荣二在 10 份降书上一一签字，陈宝仓中将、谢勃尔少将亦在降书上签字。签字完毕，长野荣二手捧降书，恭谨退下，会场上掌声经久不息，军乐队奏美海军陆战队赞美曲，至此典礼完毕，时已下午 1 时。长野荣二等 11 人，由美国宪兵引导走出会场，乘美军汽车返回驻所。

典礼举行时，有美空军飞机 6 个中队在青岛市上空飞行，每中队有 3 个小队，每小队由 3 架飞机组成，另外还有指挥机 3 架。

167

它们时而在汇泉湾、太平山上空盘旋，时而低空飞行，掠过会场。

长野荣二献刀时神情黯然，签字时手颤不已，貌似恭谨，内蕴愤懑。其他 10 人，有的垂头丧气，呆若木鸡；有的故作镇静，神情沮丧；有的表情抵触，神态桀骜……致使献刀时，未能依次列队。

参加受降典礼的记者，除中方 10 余人，还有美海军陆战情报部的 10 余人，美联社记者约翰逊，《芝加哥论坛报》记者哈斯特。

受降典礼是受降工作的开始，继即进行收缴日军的武器装备、军用物资、军事设施等；调查搜集战犯罪证、逮捕战犯。共逮捕战犯 36 人，解送第十一战区司令长官部军事法庭。

受降典礼之后，我出于好奇，又跟随于滋秀去采访降将长野荣二。我们乘车来到战俘管理所，向管理所负责人美军中尉说明来意，并出示证件。美军中尉同意我们采访，立即陪我们去长野荣二住室。在室内端坐的长野荣二见到我们，起身行礼。美军中尉告知长野荣二，我们是来采访的记者，长野荣二表示愿意合作。于滋秀粗通日语，采访是口笔并用进行的。

记者问："你们是否对中国仍怀有敌意？"

长野答："不怀有敌意的，日本不认为中国人是敌人！"

记者问："日本为什么进兵中国？"

长野答："日本进兵中国，是因为中国人民反对日本，日本所以要进兵中国，就是要以武力促使中国人与日本亲善，与日本提携。日本不想侵略任何国家，只要解放东亚，而绝无占领土地之意。"

记者问："日本占领中国东北，不是事实吗？"

长野答："那是满洲国，并不是日本的满洲国，日本人只是在那里帮助满洲国建设王道乐土。"

记者问："满洲作为一个国家，它是否确实拥有独立自主的权利呢？"

长野答："我们是战败者，无话可说。"

长野荣二的上述言论，道出了其强盗逻辑，发人深省。

琴岛情结

青岛与我

老　舍

这是头一次在青岛过夏。一点不吹，咱算是开了眼。可是，只能说开眼；没有别的好处。就拿海水浴说吧，咱在海边上亲眼看见了洋光眼子！可是咱自家不敢露一手儿。大概您总可以想象得到：一个比长虫——就是蛇呀——还瘦的人儿，穿上上不着天，下不着地的浴衣，脖子上套着太平圈，浑身上下骨骼分明，端立海岸之上，这是不是故意地气人？即使大家不动气，咱也不敢往水里跳呀；脖子上套着皮圈，而只在沙土上"憧憬"，泄气本无不可，可也不能泄得出奇。咱只能穿着夏布大衫，远远地瞧着；偶尔遇上个异教卫道的人，相对微笑点首，叹风化之不良；其实他也跟我一样，不敢下水。海水浴没了咱的事。

白天上海岸，晚上呢自然得上跳舞场。青岛到夏天，的确是热闹：白舞女，黄舞女，黑舞女，都光着脚，脚指甲上涂得通红晶亮，鞋只是两根绊儿和两个高底。衣服、帽子，花样之多简直说不尽。按说咱既不敢下海，晚上似乎该去跳了，出点汗，活动活动。咱又没这个造化。第一，晚上一过九点就想睡；到舞场买票睡觉，似乎大可不必。第二，跳倒可以敷衍着跳一气，不过人家不踩咱的脚趾，而咱只踩人家的，虽说有独到之处，到底怪难为情。莫若早早地睡吧，不招灾，不惹祸。况且这么规规矩矩，也足引起太太的敬意，她甚至想登报颂扬我的"仁政"，可是被我拦住了，我向来是不好虚荣的。

既不去赶热闹，似乎就该在家中找些乐事；唱戏，打牌，安无线广播机等都是青岛时行的玩意儿。以唱戏说，不但早晨在家中吊嗓子的很多，此地还有许多剧社，锣鼓俱全，角色齐备，倒怪有个意思。我应当加入剧社，我小时候还听过谭鑫培呢，当然有唱戏的资格。找了介绍人，交了会费，头一天我就露了一出《武家坡》。我觉得唱得不错，第二天早早就去了，再想露一出拿手的。等了足有两点钟吧，一个人也没来，社员们太不热心呀，我想。第三天我又去了，还是没人，这未免有点奇怪。坐了十来分钟我就出去了，在门口遇见了个小孩。"小孩，"我很和气地说，"这儿怎样老没人？"小孩原来是看守票房李六的儿子，知道不少事儿。"这两天没人来，因为呀，"小孩笑着看了我一眼，"前天有一位先生唱得像鸭子叫唤，所以他们都不来啦；前天您来了吗？"我摇了摇头，一声没出就回了家。回到家里，我一哑摸滋味，心里可真有点不得劲儿。可是继而一想呢，票友们多半是有习气的，也许我唱得本来很好，而他们"欺生"。这么一想，我就决定在家里独唱，不必再出去怄闲气。唱，我一个人可就唱开了，"文武代打"，好不过瘾！唱到第三天，房东来了，很客气地请我搬家，房东临走，向敝太太低声说了句："假若先生不唱呢，那就不必移动了，大家都是朋友！"太太自然怕搬家，先生自然怕太太，我首先声明我很讨厌唱戏。

我刚要去买播音机，邻居郑家已经安好，我心中不大好过。在青岛，什么事走迟了一步，风头就被别人出尽；我不必再花钱了，既然已叫郑家抢了先。再说呢，他们播放，我听得很真，何必一定打对仗呢。我决定等着听便宜的。郑家的机器真不坏，据说花了八百多块。每到早十点，他们必转弄那个玩意儿。最初是像火车挂钩，嘎！哗啦，哗啦！哗啦了半天，好似怕人讨厌它太单调，忽然改了腔儿，细声细气的，像老牛害病时那样呻吟。猛古丁地又改了办法，啪啪，喔——喔，越来越尖，咯喳！我以为是院中的柳树被风刮折了一棵！这是前奏曲。一切静寂，有五分钟的样子，忽然兜着我的耳根子："南京！"也就是我呀，修养差一点的，管保得惊疯！吃了一丸子定神丸，我到底要听听南京怎样了。呕，原来南京的底下是——"王小姐唱《毛毛雨》"。这个《毛毛雨》可与众不同：第一声很足壮，第二声忽然像被风刮了走，第三声又改了火车挂钩，然后紧跟着刮风，下雨，打雷，空军袭击城市，海啸；《毛毛雨》当然听不到了。闹了一大阵，兜着我的耳根子——"北平！"我堵上了耳朵。早晨如是，下午如是，夜间如是；这回该我找房东去了。我搬了家。

还就是打个小牌，大概可以不招灾惹祸，可是我没有忍力。叫我打一圈，还可以；一坐下就八圈，我受不了。况且十几张牌，咱得把它们摆成五行，连这么办还有时把该留着的打出去。在我，这是消遣，慢慢地调动，考虑，点头，迟疑，原无不可；可是别人受得了吗？莫若多一事不如少一事，不必招人讨厌。

您说青岛这个地方，除了这些玩耍，还有什么可干的？干脆地说吧，我简直和青岛不发生关系，虽然是住在这里。有钱的人来青岛，好。上青岛来结婚，妙。爱玩的人来青岛，行。对于我，它是片美丽的沙漠。

　　对，有一件事我做还合适，而且很时行。娶个姨太太。是的，我得娶个姨太太。又体面，又好玩。对，就这么办啦。我先别和太太商量，而暗中储蓄俩钱儿。等到娶了姨太太之后，也许我便唱得比鸭子好听，打牌也有了忍力……您等我的喜信吧！

小忆青岛

沈从文

我是1931年初到青岛大学的，在中文系讲小说史、散文写作，1933年春，离开了学校，返回北京，算来到今天已整整五十年了。

在青岛，住在福山路三号，正当路口，出门直下即是公园。这是大学的教师宿舍，并不怎么大，少得只容十二人。我到时，刚粉刷过，楼前花园里花木尚未栽好，到处是瓦砾，只人行道两旁有三四丛珍珠梅，剪成蘑菇形树顶，开放出一缕缕细碎的花朵，增加了院中清韵风光。良友公司印的《记丁玲》一书封面上那个半身像，便是那年在宿舍门口叶公超先生为我拍照的。

在青岛那两年中，正是我一生中工作能力最旺盛，文字也比较成熟的时期，《自传》《月下小景》，其他许多短篇是这时写的，返京以后着手的如《边城》……也多酝酿于青岛。

我曾先后上过六次崂山，有一回且和杨金甫校长及闻一多、梁实秋、赵太侔诸先生去崂山住了六天，以棋盘石、白云洞两地留下印象特别深刻，两次上白云洞，都是由海边从山口小路一直爬上，这两次在"三步紧"，临海峭壁上看海，见海鸟飞翔的景象，至今记忆犹新；从松树丛中翻过崖石的情景，如在眼前。以后再去青岛，有一次重去崂山，只是去过上、下清宫。

在青岛时的熟人中巴金、卞之琳两位，曾短暂来住过。影响我看《新书报》的印刷工人赵圭舞先生也来住半月，为其买了长沙车票，送上了车。

那时老朋友陈翔鹤先生，正在中山公园旁的市立中学教书，生活十分苦闷，经常到我的住处，于是陪他去公园，在公园一个荷塘的中央木亭子里谈天，常常谈到午夜。公园极端清静，若正值落月下沉海中时，月光如一个大车轮，呈鸭蛋红色，使人十分恐怖，陈翔鹤不敢独自回学校，我经常伴送他到校门口，才通过公园返回宿舍，因为我从乡下来到大城市，什么都见过，从不感到恐惧。

我在青岛的时候，青岛的海边、山上，我经常各处走走，留下了极好印象。大约因为先天性的供血不足，一到海边，就觉得身心舒适，每天只睡三小时，精神特别旺健。

建国后，我曾三次到过青岛。两次是公家让我去休息，一次是出版总署，一次是政协。一次是自费，是六〇年，住在中山路口的招待所里。我也到过大连度假，住处条件极好，但总觉得不如青岛。如有机会一定会重来看看。

忆青岛

梁实秋

"上有天堂，下有苏杭。"天堂我尚未去过。《启示录》所描写的"从天上上帝那里降下来的圣城耶路撒冷，那城充满着上帝的荣光，闪烁像碧玉宝石，光洁像水晶。"城墙是碧玉造的，城门是珍珠造的，街道是纯金的。珠光宝气，未能免俗，真不想去。新的耶路撒冷是这样的，天堂本身如何，可想而知。至于苏杭，余生也晚，没赶上当年的旖旎风光。我知道苏州有一个顽石点头的地方，有亭台楼阁之胜，网师渔隐，拙政灌园，均足令人向往。可是想到一条河里同时有人淘米洗锅刷马桶，不禁胆寒。杭州是白傅留诗、苏公判牍的地方，荷花十里，桂子三秋，曾经一度被人当作汴州。如今只见红男绿女游人如织，谁有心情看浓妆淡抹的山色空蒙。所以苏杭对我也没有多少号召力。

我曾梦想，如果有朝一日，可以安然退休，总要找一个比较舒适安逸的地点去居住。我不是不知道随遇而安的道理。

树下一卷诗，

一壶酒，一条面包——

荒漠中还有你在我身边歌唱——

啊，荒漠也就是天堂！

　　这只是说说罢了。荒漠不可能长久地变成天堂，我不存幻想，只想寻找一个比较能长久的居之安的所在。我是北平人，从不以北平为理想的地方。北平从繁华而破落，从高雅而庸俗、而恶劣，几经沧桑，早已无复旧观。我虽然足迹不广，但北自辽东，南至百粤，也走过了十几省，窃以为真正令人流连不忍去的地方应推青岛。

　　青岛位于东海之滨，在胶州湾之入口处，背山面海，形势天成，光绪二十三年（1897）德国强租胶州湾，辟青岛为市场，大事建设。直到如今，青岛的外貌仍有德国人的痕迹。例如房屋建筑，屋顶一律使用红瓦片，山坡起伏绿树葱茏之间，红绿掩映，饶有情趣。1914年青岛又被日本夺占，1922年才得收回。尔后虽然被几个军阀盘踞，表面上没有遭到什么破坏。当初建设的根底牢固，就是要糟蹋一时也糟蹋不了。青岛的整齐清洁的市容一直维持了下来。我想在全国各都市里，青岛是最干净的一个。"无风三尺土，有雨一街泥"的北平不能比。

　　青岛的天气属于大陆气候，但是有海湾的潮流调剂，四季的变化相当温和。称得上是"春有百花秋有月，夏有凉风冬有雪"的好地方。冬天也有过雪，但是很少见，屋里面无须生火不会结冰。夏天的凉风习习，秋季的天高气爽，都是令人喜的，而春季的百花齐放，更是美不胜收。樱花我并不喜欢，虽然第一公园里整条街的两边都是樱花树，繁花如簇，一片花海，游人摩肩接踵，蜜蜂嗡嗡之声震耳，可是花没有香气，没有姿态。樱花是日本的国花，日本和我们有血海深仇，花树无辜，但是我不能不连带着对它有几分憎恶！我喜欢的是公园里培养的那一大片妖艳欲滴的西府海棠。杜甫诗里没有提起过它，历代诗人词人歌咏赞叹它的不在少数。上清宫的牡丹高与檐齐，别处没有见过，山野有此丽质，没有人嫌它有富贵气。

推开北窗，有一层层的青山在望。不远的一个小丘有一座楼阁矗立，像堡垒似的，有俯瞰全市傲视群山之势，人称总督府（应为提督楼），是从前德国总督的官邸，平民是不敢近的，青岛收回之后作为冠盖来往的饮宴之地，平民还是不能进去的（听说后来有时候也偶尔开放）。里面是什么样子我不知道，也不想知道。还有人说里面闹鬼。反正这座建筑物，尽管相当雄伟，不给人以愉快的印象，因为它带给我们耻辱的回忆。

其实青岛本身没有高山峻岭，邻近的劳山，亦作崂山，又称牢山，却是峻峥巉险，为海滨一大名胜。读《聊斋志异·劳山道士》，早已心向往之，以为至少那是一些奇人异士栖息之所。由青岛驱车至九水，就是山麓，清流汩汩，到此尘虑全消。舍车扶策步行上山，仰视峰顶，但见参嵯翳日，大块的青石陡峭如削，绝似山水画中之大斧劈的皴法，而且牛山濯濯，没有什么迎客松五老松之类的点缀，所以显得十分荒野。有人说这样的名山而没有古迹岂不可惜，我说请看随便哪一块巍巍的巨岩不是大自然千百万年锤炼而成，怎能说没有古迹？几小时的登陟，到了黑龙潭观瀑亭，已经疲不能兴。其他胜境如清风岭碧落岩，则只好留俟异日。游山逛水，非徒乘兴，也须有济胜之具才成。

青岛之美不在山而在水。汇泉的海滩宽广而水浅，坡度缓，作为浴场据说是东亚第一。每当夏季，游客蜂拥而至，一个个一双双的玉体横陈，在阳光下干晒，晒到两面焦，扑通一声下水，冲凉了再晒。其中有佳丽，也有老丑。玩得最尽兴的莫过于夫妻俩携带着小儿女阖第光临。小孩子携带着小铲子小耙子小水桶，在沙滩上玩沙土，好像没个够。在这万头攒动的沙滩上玩腻了，缓步踱到水族馆，水族固有可观，更妙的是下面岩石缝里有潮水冲积的小水坑，其中小动物很多。如寄生蟹，英文叫 hermitcrab，顶着螺蛳壳乱跑，煞是好玩。又如小型水母，像一把伞似的一张一合，全身透明。孩子们利用他们的小工具可以罗掘一小桶，带回家去倒在玻璃缸里玩，比大人玩热带鱼还兴致高。如果还有余勇可贾，不妨到栈桥上走一遭。桥尽头处有一个八角亭，额曰回澜阁。在那里观壮阔之波澜，当大王之雄风，也是一大快事。

汇泉在冬天是被遗弃的，却也别有风致。在一个隆冬里，我有一回偕友在汇泉闲步，在沙滩上走着走着累了，便倒在沙上晒太阳，和风吹着我们的脸。整个沙滩属于我们，没有旁人，最后来了一个老人向我们兜售他举着的冰糖葫芦。我们在近处一家餐厅用膳，还喝了两杯古拉索（柑香酒）。尽一日欢，永不能忘。

汇泉冬夜涨潮时，潮水冲上沙滩又急遽地消退，轰隆呜咽，往复不已。我有一个朋友赁居汇泉尽头，出户不数步就是沙滩，夜闻涛声不能入眠，匆匆移去。我想他也许没有想到，那就是观音说教的海潮音，乃觌面失之。

说来惭愧，"饮食之人"无论到了什么地方总是不能忘情口腹之欲。青岛好吃的东西很多。牛肉最好，销行国内外。德国人佛劳塞尔在中山路开一餐馆，所制牛排我认为是国内第一。厚厚大大的一块牛排，煎得外焦里嫩，切开之后里面微有血丝。牛排上面覆以一枚嫩嫩的荷包蛋，外加几根炸番薯。这样的一份牛排，要两元钱，佐以生啤酒一大杯，依稀可以领略樊哙饮酒切肉之豪兴。内行人说，食牛肉要在星期三、四，因为周末屠宰，牛肉筋脉尚生硬，冷藏数日则软硬恰到好处。佛劳塞尔店主善饮，我在一餐之间看他在酒桶之前走来走去，每经酒桶即取饮一杯，不下七八杯之数，无怪他大腹便便，如酒桶然。这是50年前旧话，如今这个餐馆原址闻已变成邮局，佛劳塞尔如果尚在人间当在百龄以上。

青岛的海鲜也很齐备。像蚶、蛤、牡蛎、虾、蟹以及各种鱼类应有尽有。西施舌不但味鲜，名字也起得妙，不过一定要不惜工本，除去不大雅观的部分，专取其洁白细嫩的一块小肉，加以烹制，才无负于其美名，否则就近于唐突西施了。以清汤汆煮为上，不宜油煎爆炒。顺兴楼最善烹制此味，远在闽浙一带的餐馆以上。我曾在大雅沟菜市场以6元市价购得鲥鱼一尾，长二尺半有奇，小口细鳞，似才出水不久，归而斩成几段，阖家饱食数餐，其味之腴美，从未曾有。菜蔬方面隽品亦多。蒲菜是自古以来的美味，《诗经》所说"其蔌维何，维笋及蒲"，蒲的嫩芽极细致清脆。青岛的蒲菜好像特别粗壮，以做羹汤最为爽口。再就是附近潍县的大葱，粗壮如甘蔗，细嫩多汁。一日，有客从远道来，止于寒舍，惟索烙饼大葱，他非所欲。乃如命以大葱进，切成段段，如甘蔗状，堆满大大一盘。客食之尽，谓乃生平未有之满足。青岛一带的白菜远销上海，短粗肥壮而质地细嫩。一般人称之为山东白菜。古人所称道的"春韭秋菘"，菘就是这大白菜。白菜各地皆有，种类不一，以山东白菜为最佳。

青岛不产水果，但是山东半岛许多名产以青岛为集散地。例如莱阳梨。此梨产在莱阳的五龙河畔，因沙地肥沃，故品质特佳。外表不好看，皮又粗糙，但其细嫩酥脆甜而多浆，绝无渣滓，美得令人难以相信。大的每个重10台两以上。再如肥城桃，皮破则汁流，真正是所谓水蜜桃，海内无其匹，吃一个抵得半饱。今之人多喜怀乡，动辄曰吾乡之梨如何，吾乡之桃如何，其夸张心理可以理解。但如食之以莱阳梨、肥城桃，两相比较，恐将哑然失笑。他如烟台之香蕉苹果玫瑰葡萄，也是青岛市面上常见的上品。

一般山东人的特性是外表倔强豪迈，内心敦厚温和。宦场中人，大部分肉食者鄙，各地皆然，固无足论。观风问俗，宜对庶民着眼。青岛民风淳厚，每于细民中见之。我初到青岛，看到人力车夫从不计较车资，乘客下车一律付与一角，路程远则付二角，无争论者。这是全国所没有的现象。有人说这是德国人留下的无形的制度。无论如何这种作风能维持很久便是难能可贵。青岛市面上绝少讨价还价的恶习。虽然小事一端，代表意义很大。无怪乎有人感叹，齐鲁也是圣人之邦，青岛焉能不绍其余绪？

我家里请了一位厨师老张，他是一位异人。他的手艺不错，蒸馒头，烧牛尾，都很擅长。每晚膳事完毕，沐浴更衣外出，夜深始返。我看他面色苍白消瘦，疑其吸毒涉赌。我每日给他菜钱二元，有时候他只飨我以白菜豆腐之类，勉强可以果腹而已。我问他何以至此，他惨笑不答。过几天忽然大鱼大肉罗列满桌，俨若筵席，我又问其所以，他仍微笑不语。我懂了，一定是昨晚赌场大赢。几番叮问之后，他最后迸出这样的一句："这就是一点良心！"

我赁屋于鱼山路 7 号，房主王君乃铁路局职员，以其薄薪多年积蓄成之小筑。我于租满前三个月退租离去，仍依约付足全年租赁，王君坚不肯收，争执不已，声达户外。有人叹曰："此君子国也。"

我在青岛居住四年，往事如烟。如今隔了半个世纪，人事全非，山川有异。悬想可以久居之地，乃成为缥缈之乡！噫！

青岛怀踪录

萧　军

一、归来了

1934 年夏天我们从哈尔滨出走以后，于当年的端午节前一日到了青岛，我曾写下过这样一首诗：

归来了。
这是我的祖国，我的母亲！

在那里：
有鞭挞，有碾轧……
有——无限际的屠杀！……
这里也是一样？
我的祖国，我的母亲！

——对于劳苦的兄弟们？

在那里：

有罪恶，有不平，……

有盈街的乞丐；

有漫天的哭声……

这里也是一样？——

我的祖国，我的母亲！

这美丽的都市：

有，人做马；

有，人拖人……

这就是合理的社会吗？

我的祖国，我的母亲！

这首诗，后来加了几句附言，曾作为"附记"附于初版的《八月的乡村》后面。

在青岛，我为一家报纸担任副刊编辑维持生活，同时续写我的《八月的乡村》——这小说在哈尔滨时期就着手写了。

这时，萧红表示她也要写一篇较长的小说，我鼓励了，于是她就开始写了。她写一些，我就看一些，随时提出我的意见和她研究、商量……而后再由她改写……在这一意义上说，我应该是她的第一个读者，第一个商量者，第一个批评者和提意见者。

这期间，我曾去上海一次，回来以后，她居然把这小说写成了——这是1934年的9月9日。

从头代她看了一遍，斟酌删改了一些地方和字句，然后就由她用薄绵纸复写了两份，以待寻找可能出版的机会，当然也知道这机会是很渺茫的。

这小说的"名称"也确是费了一番心思思索、研究，最后还是由我代她确定下来，定名为《生死场》。因为本文中有如下的几句话：

"在乡村，人和动物一起忙着生，忙着死……"还有：

"大片的村庄，生死轮回着和十年前一样……"

事实上这全书所写的，无非是在这片荒茫的大地上，沦于奴隶地位的被剥削、被压迫、被碾轧……的人民，每年、每月、每日、每时、每刻……在生与死两条界限上碾轧着、挣扎着……或者悄然地死去，或者是浴血斗争着的现实和故事。

到了青岛不久，我们就在"观象一路一号"一所石块垒成的二层小楼的下部租了两间房子：一间由舒群夫妇居住，一间就由我们居住。

这所小楼占据的地位是很好的，它处于观象山的北脚下一带突起的山梁上，从这里左右两面全可以看到海的：一边是青岛有名的大港；一边则是湛山湾和炮台山、海滨浴场，它正当江苏路和浙江路分界线的地方。

这小楼是面向北的。北面是一带山冈，山冈上竖立很多旗杆，常常要有各种形式、颜色不同的旗子升起降落着。这可能是一些什么信号旗，对于出入港的航船有所作用，这大概就名为信号山。

也还记得这小楼顶端额面上还嵌绘着一个圆形的太极图或八卦图，这是一种民间传统的迷信，如此就可以"逢凶化吉"名为"压胜"。我的《八月的乡村》和萧红的《生死场》就全是在当年——1934年秋季间，完成于这所小楼里面的。

二、鲁迅先生的第一封来信

两部小说基本上全写完了，我们不确切知道我们的小说所取的题材，要表现的主题积极性与当前革命文学运动的主流是否合拍？

一次，和一位朋友孙乐文——当时荒岛书店负责人（中共党员）闲谈，他说在上海内山书店曾看到过鲁迅先生，并述说了见到鲁迅先生的情形，这就引起了我要给先生写信的动机，因为我们知道鲁迅先生是当时领导上海革命文学运动的主帅。当时我问这朋友，如果把信寄到内山书店，鲁迅先生是否能收到？他说，据说是可以收到的，并鼓励我试试看。同时建议我可以把通讯地点落在他的荒岛书店。这样，即使发生什么问题，他可以推脱不知道，这是顾客没经过他同意，随便写的，不要用我的真实地址和姓名，免得麻烦……

我同意他这主张，就"冒险"地给鲁迅先生写了第一封信，是没有把握的……

想不到先生收到我的信却是"即复"的。

仅从"即复"这一点上来看，这位伟大的人，他对于一个素不相识的青年是何等的关心，何等的热情，何等的真挚，何等的信任啊！

当第一封信寄到荒岛书店以后，孙乐文——书店主人也和我们分享了难以克制的激动和快乐！

就如久久生活于凄风苦雨、阴云漠漠的季节中，忽然从腾腾滚滚的阴云缝隙中间，闪射出一缕金色的阳光，这是希望，这是生命的源泉！又如航行在茫茫无际夜海上的一叶孤舟，既看不到正确的航向，也没有可以安全停泊的地方……鲁迅先生这封信犹如从什么远远的方向照射过来的一线灯塔上的灯光，它使我们辨清了应该前进的航向，也增添了我们继续奋勇向前划行的新的力量。

我把这信和朋友们一起读了又读；和萧红一起读了又读；当我一个人留下来的时候，只要抽出时间，不论日间或深夜，不论在海滨或山头……我也总是把它读了又读。这是我力量的源泉，生命的希望，它就如一纸"护身符篆"似的永远带在我身边！……有几次是眼中噙着泪水在读它，俨然如对先生的本人。那每一句话，每一个字，甚至是第一个字的一笔一画，每个标点……每读一次全似乎发现一种新的意义，新的启示，新的激动和振奋！

接到先生第一封回信以后，我及时地把《生死场》的抄稿连同由哈尔滨带出来的一本《跋涉》（这是 1933 年我和萧红合印的一本短篇小说、散文集），并附了一封信寄去了上海。

三、逋客生涯

稿和信将将寄出之后，我所工作的报社就出了问题。

当时山东济南以及各地的中共地下党组织迭遭国民党破坏。青岛市委书记高崧——舒群在东北哈尔滨商船学校时期同学、东北人——亦被捕。由此波及，于当年中秋节日，舒群及其妻倪青华、妻兄倪鲁平等于其岳母家亦均被捕。我所任职的《青岛晨报》本属于当时中共党公开的外围组织，与此同时荒岛书店亦属外围组织之一，均由孙乐文同志负责。在这种情况下，这两个外围组织也已难以单独存在下去了，危在旦夕。

孙乐文通知我：

"你们及时准备离开青岛吧！"

"为什么？"我感到有些惊讶地问着他。

"济南、青岛……还有某些地方的地下党组织全被破坏了！"

"报社怎么办？"我问。

"报社要结束，有几个人也要转移，报社由你出面和报主、印刷厂接头办结束业务。我不久也要离开……"

这报社的名称——牌子，原来是租赁一个报商的，订有合同，和印刷厂也有合同。这时，我们只有在经济上担负损失了。

其实，在青岛，国民党的政治压力在两个月以前就已经开始加强了。就在当年的中秋节，和我同住的舒群夫妇去他岳母家过节，也曾邀我去，我因为有事没有去，否则的话也可能会被一网打尽了。

听过孙乐文说的情况后，我一面代表报社办理解除合同的各项事务；一面悄悄地把自己一些必要的东西分批、分件地转移到另外一个地方。这常常要在夜间进行的，因为我所居住的观象一路一号，也正是浙江路和江苏路搭界的地方，在这数路交错的集中点上——就在我们大门边——正设有一处警察派出所，我是不能够使他们发觉到我要转移的迹象的。

一天夜间，孙乐文把我约会到青岛栈桥尽东端那所大亭子的一处阴影里，他简短地说："我明天就要转移了，也许离开青岛。书店里、家里全不能住下去了，你们也赶快走吧，这是路费……"他交给了我四十元钱。

深秋的风从海面上飘疾地吹过来，海面上是一片沉黑，海浪冲击着岸边的礁石和堤坝，轰鸣的声响一刻比一刻凶猛起来了。

我们抵御不了那寒冷，说话的声音全断断续续颤抖起来了，于是我们只有先后离开了那栈桥。

回家以后，我马上就写了一封信给鲁迅先生，告知他，我们马上就要离开青岛去上海，千万不要再来信了。

搭了一条日本轮船，买了两张四等舱的票——这是深落到船身最下一层和货物住在一起的地方——逃离青岛，到了上海。

这条日本轮船的名字似乎仍是"大连丸"——这和几个月以前我们由日本侵占下的哈尔滨逃到大连，由大连到青岛所乘的是同一条船。

青市巡礼

芮　麟

青岛是中国的第一个花园城市！

青岛是现代的世外桃源！东方瑞士！

每一个住在青岛的人，每一个到过青岛的人，都这样高兴地说着。今天，我已开始在这个花园都市里、世外桃源里呼吸了。我的心里充满着快乐！

到中华栈，休息了一回，就赴市政府投递高等考试分发凭照，办理报到手续。出来，到市公安局看吴纪元兄，市立民众教育馆看吴锐锋兄。

从外地初到青岛的人，第一个印象，便是青岛的一切都太洋化了！举凡道路、房屋、人物，所接触到眼睛里的，简直不像是在中国，而是在外国。全市的建筑，除天后宫等庙宇为中国式的建筑外，其余的房屋，完全是西式的，并且一座一个式样，争奇斗胜，绝鲜雷同。在中国，要研究西洋建筑之美，青岛是最合适的地方了。道路，在市区，十分之九都是柏油路，沿着山冈的忽高忽低、忽升忽降，到处是静悄悄的。两旁都植着行道树，可惜这时还没有透芽。街市也是完全建筑在山冈上的，随了山势的高低，往往前后面分成了不同的二层或三层。市上、路上是整洁极了，安静极了。我所到过的平、津、京、沪四大现代化的都市，虽然也有地方整洁若青岛的，但要像青岛一样，全市没有一处不整洁，没有一处不安静的，实在找不到。闹，这一个字，在青岛的人是不很记起的。

据说：青岛在德管时代，房屋建筑，限制极严，围墙不能过高，并且大都是栏杆，人在外边，里面的亭园可以看得清清楚楚。图样的设计力求精美，不许有一家的房屋和另一家相同。因此，青岛的建筑，都是小巧玲珑、精美雅洁的。可惜近年来，也有少数伧俗不堪的市侩式洋楼出现了，但大体给予旅客的印象是不坏的。

三月十一日，上午九时赴市立民众教育馆锐锋兄处，谈了些青岛市的人情风俗。出来，把市区作了一个疏略的周览。

循太平路东北行，不一刻就到了海军栈桥。桥由海滨向海中展筑，为清光绪十六年李鸿章令章高元所建，专供军事起卸之用。后人屡加增修，规模益宏，设备益善。现长四百四十公尺，南端有回澜阁，可供游人憩息。栈桥右侧，原为胶海关旧址，后以大港开辟，关署始移植大港，现在左右两侧，都辟成了公园。迤东一里许，有旧栈桥一座，也系章高元所建，昔供军用，现在已经坍毁，只剩桥塊十余节露出在海面了。栈桥的北面，直对着美奂美轮的青岛市礼堂。

在这里，望海，听涛，都是最好不过的。风帆片片，出没海面，军舰三四，常驻湾内，而小青岛上，灯塔凌凌，倒映水底，更可入画。近人袁珏生《海滨晚眺》诗"袁海舒双翼，岩疆特地雄。鸥波如此碧，鸳瓦可怜红。一岛凌凌塔，千帆叶叶风。平居思故国，不见九州同"中的"一岛凌凌塔，千帆叶叶风"二句，可谓写尽了这里的曼妙风光。而"鸥波如此碧，鸳瓦可怜红"二语，也非身临其境者不能道，不能领略其妙处。的确，前海一带的海水是清极了，在没有浪的时候，站在栈桥边，俯下身去，可以看见海里也有着一个清清楚楚的你在向你注视，宛如自己对着一座大镜子一样。至于青岛的房屋，无论市房和住房，没有一座不是用红瓦盖顶的，因此，你要是抬头一望，便于蓝天绿树青山碧海间，到处衬托着红瓦，反射着红光。各种不同的颜色，各种不同的线条，交织成画一般的青岛。

你如坐在铁凳上，静静地看，可以看到很远很远，仿佛故乡的江南，也可以看到似的。你如静静地听，则由远而近的浪涛声，可以分辨得很清晰，打在石上，打在桥上，如奔马，如军乐，发出雄浑激烈的怒吼。

因为海风太大，吹在身上，一股冷气，竟似钻进骨髓里，不堪久坐，再继续向东跑。

经过了"九一八"后被敌人放火烧掉的市党部所改建的中央银行，不远，便到了接收纪念亭。这是民国十一年我国向日本收回青岛后所建，以留纪念的。

按胶澳一区，形势险要，气候适宜，清代末年，已久为外人所垂涎。德政府一再派员精密调查。对于位置、形势、面积、港口、岛屿、气候、风位、潮流、潮湿差度、海水所含盐分及动植物、水深之增减、锚泊地、海岸高低、地质、饮水、道路、航路、建筑材料等，无不切实研究，逐条计划，以为后日建设的张本。

甲午中日战后，列强倡言瓜分，俄借索还辽东之功，夺取旅顺大连湾；法取广州湾；英取威海卫；德人初谋定海，惮于英人，继图南澳、日照及珠江下游的喇叭岛，均以不甚适用，最后乃选定胶州湾。适于 1897 年 11 月 1 日，曹州巨野发生教案，德国教士二人被杀，乃于 13 日将舰队开抵胶澳，伪言登陆试操，借口强行占据，要求租借。清廷不得已，于光绪二十四年二月十四日，即西历 1898 年 3 月 6 日，订立中德两国之胶澳租约。及欧战开始，我国政府于民国三年八月六日，宣告中立，使各交战国对中国租借于他国之土地，尊重其中立。日本政府于八月十五日，致最后通牒于德国，劝将军队军舰退出中日两国领海，并将胶澳交付日本，以便归还中国。德人密议，宁可直接交还中国，不愿间接交付日本。日本以德人延不答复，遂于八月二十三日，对德宣战，借口军事上之必要，日军自龙口登岸，横穿山东半岛，经莱州、昌邑、平度、潍县、高密等处，以达胶州，将我国胶东一带之中立界限，尽行破坏。再进而占据潍县车站、济南车站。及德人以青岛降于英日联军，青岛战事，虽告一段落，但直到民国十一年十二月二日，始由我国正式收回。这一座小小的接收纪念亭，实在是含有绝大意义的。

从接收纪念亭北望，经青岛路，到庄严伟大、巍峨雄壮的市政府，成了笔直的一线。南望为青岛湾，栈桥深入海中，回澜阁孤悬海面，水光云影，交相辉映，高瞻远瞩，无乎不宜。

再东行，经市立太平路小学及女子中学，约二里许，而到海滨公园。正门为古式牌楼，富丽堂皇，纯粹表现出东方之美。园近山麓，傍山滨海，园内道路因其自然之高低，而成起伏迂回之势。亭台三四，点缀于碧波苍松间，错落有致。西侧有水族馆，可惜要到夏季才开放，现在不能入内参观。东即汇泉浴场，更衣用的木屋整齐地矗立着，如鳞次栉比一般，不知有多少间。

在这里，可以观海，可以听松，可以望云，可以看山，也可以读书钓鱼。比栈桥公园要幽深，没有栈桥公园的嘈杂。坐半天，坐一天，决不会令人生厌。

我曲曲折折，上上下下，沿着海滨向东走去，经汇泉浴场、青岛俱乐部、跑马场，而到了规模宏大、设备完善的体育场。

场建于民国二十二年，第十七届华北运动会即在此举行。内分田径赛场一个，网球场六个，排球场四个。办公室、会议室，设于大门楼上。场之内部，可容长一百零五公尺、宽七十八公尺之足球场，各项田径赛场均置其中。足球场之外一周为四百公尺之跑道，跑道之外为草地，草地之外为十五级之看台，可容观众一万六千人以上。看台之下为运动员休息室，绕看台一周为道路。网球场居于田径赛场外之东侧，排球场居于田径赛场外之东北部。规模之宏大，气象之雄壮，设备之完善，非但在青岛是首屈一指，就是在华北，恐怕也要数一数二吧？

从体育场出来，就到对面的中山公园。

园位于青岛山之东，太平山之西，汇泉角之北，为市立公园中之最大者，又名第一公园。占地一千六百余亩，分植树、植果两园，集世界各处花木一百七十余种，共二十三万株。并畜有珍兽异禽多种，供游人观览。园之北部，有日人所建"忠魂碑"，纪念攻青阵亡将士。南部，有农林事务所。园为森林公园性质，看惯了南方精巧玲珑、深邃曲折的园亭的我，初跑进去，觉得疏疏落落，东一座台榭，西一丛树林，好似漠不相关的，细细看来，另有一种不规则的韵致。

这时霜叶未脱，绿叶未生，枯枝杈桠，到处尚有萧索之感。据说樱花开时，景色最胜。我随便走了一转，即雇车返市。

这样，青岛市区的轮廓，已经大体摄于我的眼帘了。

我看了青岛的建设，使我脑筋里立刻发生了一个十分明显的感想，也是十分坚定的信念，那便是：

"世界上没有一处地方是不能建设的！"

我们平常的观念，总以为要建设成一个现代化的都市，必须要土壤肥美，人烟稠密，自然条件优越的地方，方易着手；但是，青岛在四十年前，的确是几座只有石头、绝少泥土的荒山和人烟稀少、视同化外的几十个渔村；经三十多年来的积极建设，已成为我国一个最理想的花园城市，最先进的通商巨埠了！

我敢说：江浙一带，任何地方，除了不是海口一点外，其自然条件的优越，都要比未开辟前的青岛高出多少倍。青岛能够建设，便任何地方都能建设，但现在却只有一个青岛。一个青岛建设得这样，我们不应该对它惭愧吗？

我想起故乡来了！

我得感谢青岛，它使我知道，并且深信世界上是没有一处地方不能建设的，它给予我一个有力的事实的证明！

三月十二日，我把几条重要的市街，作一个粗略的巡视。

青岛路名，悉以我国省名及山东各县县名为路名，有不足，又参以关名及青岛市旧有村名。德人管理时，称为某某街；日人管理时，改为某某町；现则完全改为某某路，逐年开辟，已增至三百多道。其中以中山路、天津路、四方路、海泊路、潍县路为最繁盛。以云南路、辽宁路为最长。

走到街上，第一件触目惊心的事，便是到处可以遇见拖着木屦的日人和肩负着背囊的日妇。日人店铺也到处都是。在青岛，任何人的日常生活，都和日货不能分离。大家司空见惯，不以为奇了！至于聊城路、辽宁路、市场路一带，简直是和日本国内一样，完全变成他们的世界了！青岛外侨，据公安局最近统计：市内有日侨二千二百八十七户，男子四千八百四十一人，女子三千八百五十一人；市外有二百五十六户，男子一千五百二十七人，女子五百九十一人；全市共计有二千五百四十三户，一万零八百一十人。其人数之多，经济力量之雄厚，概可想见！

青岛其他各国外侨，计有二十二国，但人数较少，其中以德国、俄国、朝鲜、英国、美国、法国为最多，也没有一国是满一千人的，可是一般的生活，却都比我国市民优越。

在青岛，好像是看不见穷人的。市容的整饬，市上的安静，国内任何城市恐难比拟。究竟穷人到哪里去了？为什么看不见穷人？这是值得研究的一个问题。

青岛和别处一样，穷人是不会没有的，并且数目也不少，但是都给收容到平民住所去了。青岛现有平民住所两处，合共有房屋四百余间，每间每月纳租费一元。屋外整齐修洁，绿树朱甍，掩映如画。内有运动场、公共浴室、厕所、公共浣衣池、晾衣架等，设备很完善，但限制极严，非贫民不得租赁。

比平民住所较高等的，还有一种杂院。外面建筑也极富丽堂皇，里面用泥墙或木板分隔成若干间，每间每月租金自三四元起至六七元止，视房间的大小好坏而定。这是中产以下、赤贫以上的人家住的。

青岛生活费用很高，房租尤贵，普通住房每间每月总要十五元左右，单间很难租到，因此贫民只能住平民住所，经济不充裕能整饬，市上也自然能安静了，关于这一点，其他大都市的市政当局，似乎也可以取法的。

走到街上，还有一件事引起我的注意，便是日本店铺。其面目，其作风，截然和中国商店不同！日本店铺充满着浓厚的家庭风味，里面一些没有热闹的情形和声息，店员在空闲的时候，都拿着一份报或者一本书在静静地看，好像是不在做生意的样子。与中国商店的嘈杂、纷乱相较，真有天壤之别！至于中国店员能于空闲时看报看书，经理们允许店员看报看书的，恐怕百无一二吧？不求上进的商人，怎能和力求上进的商人竞争？竞争又哪能不失败？我为我们的商业前途，不，民族前途忧惧了！

说到看报，这弹丸之地的青岛，报纸真不算少！除开外侨以英文和日文出版的《泰晤士报》《青岛新报》《山东每日新闻》等不计外，华文大报，计有《青岛时报》《青岛民报》《正报》《新青岛报》《工商日报》《胶济日报》《大中日报》《中华日报》《大青岛报》等十多种，及小报《青岛快报》《胶澳日报》《青岛画报》等四五种。总人口仅有五十三万的青岛，报纸竟有二十种之多，在数量上真不能算少了！

青岛区域，以胶州湾为中心。胶州湾之周围，划出陆地若干，成为市辖区域，东北界崂山，与即墨县接壤，西跨海西，北抵胶县。陆地面积551753公方里，领海面积576500公方里，共计1128253公方里。负山面海，气候温和，冬无严寒，夏无酷暑。据青岛观象台历年气候报告，暑天温度最高纪录仅摄氏二十五度二十六分，寒天之最低纪录，约只摄氏零点下十二度八分。唯夏季四月至七月，时有浓雾自海上袭来，空气异常潮湿，使人感到不很舒适。春天，却是青岛最冷的时季，家家生着火炉，人人穿着裘皮，和江南的暖洋洋的天气相较，差得太远。我恰于这个仲春天气前来，海风吹在身上，竟似直接钻入骨髓里的一样，使人忍不住打战。我觉得在海船上倒没有这样冷。

因为旅途劳顿，因为水土不服，这五年来从未生病的我，竟于十二日晚起发了几个寒热，幸而来热不猛，休养了十多天，也就不药而愈了。

惊风骇浪上前崂

芮　麟

崂山，这个动人的名字，深印在我脑海里，已有好多年了！因为震于《齐记》上"泰山虽云高，不如东海崂"的记载，及《寰宇记》："秦皇登崂盛山望蓬莱",《汉书》蓬萌养志崂山的传说，而我们的诗仙李太白，也有"我昔东海上，崂山餐紫霞"的名句流传下来，更使平生有山水癖的我，为之梦魂颠倒，不游不快！

四月下旬，市政府公务员同游崂山的消息传出以后，我首先签了名。预定游的是前崂，乘的是港务局小轮，日期是四月二十六日。

到四月二十五日，报名参加的人数已有二百多，港务局小轮已容不下，决定改乘海军第二舰队的兵舰去，心里更为之定宽。

崂山盘结起伏，委蛇奔腾，绵亘数百里，就天然的地势，分成前崂、后崂二部。前崂三面环海，必须遵海前往，且崂山附近，风浪极大，游人普遍视为畏途。后崂则毗连大陆，汽车可以直达，交通便利，朝暮间即可往返，所以游崂山的，都只上后崂，而不上前崂。我们这次，却偏偏要上前崂。

二十六日，早晨天刚亮就起来，把快镜端整好，干点包扎好，即匆匆出发，到栈桥集合。

是不很冷也不太热的天气，那天气，好像特地安排下为我们游崂山的。

七时，大部分的人都已到齐，带着太太小姐的也不少。薄薄的春装，明艳的色条，使晓雾朦胧中的栈桥，顿时觉得风光旖旎起来。

春，除了大自然的烘染以外，人物的装点，也是必要的。

七时半，男女三百余人，分乘了港务局的金星、水星二轮，渡到了停泊海中间的镇海舰上。烟水迷茫，海天如画，临行，作一绝：

> 此行又为看山忙，极目海天兴转狂。
> 偷得浮生闲一日，浪游幸勿负春光。

镇海舰，远望虽不大，靠拢来，金星、水星的高度还相差好几丈，小轮船上的三百多人，从镇海舰的扶梯上，一个一个爬上去，整整爬了半点多钟，方才爬完。舰上很宽敞，载了这许多人，一点也不觉得拥挤。

八时半启碇，出胶州湾，折向东北行，经汇泉角、太平角、燕儿岛、麦岛，一路风平浪静，漫步廊下，如履平地。

在舰上，看着崂山的地图，谈着崂山的路径，望着海天的景色，不觉得时间在飞快地过去。

十时，经梯子岩而到太清宫口，这时天色已阴沉下来，风浪之大，得未曾有，镇海舰停在海里，同来的金星轮，左靠右靠，再也靠不到舰，因此许多人呆立在舰上，上不得岸。不得已，便用舰上的小划子，由海军士兵驾驶着，来回向岸上送。一个小划子只能送十几个人，舰上虽有三四条划子，但以兵舰离岸很远，输送一次，来回要二十分钟，把许多心急的人，焦灼得不得了。于是便合雇做生意的小划子登陆。

从镇海舰下小划子，真是危险极了！

小划子因为风浪过大，也靠不紧军舰，有时靠得拢些，但一个骇浪，可以打离开军舰一丈多远。同时，小划子离军舰甲板，约有四五丈高，仅凭摇摇摆摆的扶梯下去，一个浪来，海水可于一转瞬间，突涨七八尺。扶梯的下端，完全没下水底去，划子也浮到上面来。要是人立在扶梯下端，非但衣履完全被海水浸湿，还很容易给风浪卷下海去。情景的险恶，真无异同死神在搏斗！

上划子的人，必须站在浪来打不到的扶梯中端，等一个大浪过去，即刻向下急走，拼命跳下划子，那时稍一踌躇，则一个浪来，把划子打开，或划子掀起，那个人是一定没得命的。在这里，要是你跌下海去，是没有人会下水捞救的，也没有方法可以捞救的。实在，那时的风浪太猛烈了，不是军舰，简直会抛不住锚。

每一个人的脸上，都现着紧张和惊惶的颜色！

游程由筹备处分成了两部：一部是从太清宫上岸，经上清宫、明霞洞，至青山、黄山，于下午四时，到华严庵集合登舰；一部是直接到华严庵登陆，单游华严庵和白云洞。我和雨时，选定第一条路钱，十分之八的人，都自太清宫登陆。

在舰上守了一点多钟，方才搭到划子，于惊风骇浪中，丧魂落魄地流到了太清宫的小码头。我跨上了岸，方才低低地透了一口气；今天，我的性命算从阎王爷手里逃回来了！

太清宫离海不到半里路，在海边，有二方"渤海澄波""楼船明月"的石碑，过石碑，便是一条很幽深的竹径，走尽竹径，便是云树森森的太清宫。宫相传为宋初敕建，有元、明、清历代碑记，与上清宫相对，故又名下清宫。殿宇宏丽，正殿前银杏两株，壮可合抱。西院耐冬一株，枝干盘曲，若龙虬，树围七八尺，极奇古之致。今适开花，红花碧叶，互相辉映，娇艳欲滴。庙中多乔木，如玉兰、紫薇、木槿、牡丹之属，纷植满院，宫后松楸，蔚然成林，夹墙幽篁，绿影萧疏，岚气海光，可延几席。确是一个足以养性修真的安静去处。

绕宫一周，即于两侧厢房中，品茗进干点。同来熟人虽多，但以上岸先后不同，各已走散，和我在一起的，只有雨时和公安局的野萍二人。在太清宫，做了一首七律：

太清宫

林深飞不到尘埃，紫府清虚凌海开。

万里涛声沸药鼎，千重山色映丹台。

危阶曲曲依峰转，瘦竹亭亭绕室栽。

未许此行轻别去，耐冬花下再徘徊。

吃过了干点，休息一会儿，即离开太清宫，于后面松林内拍了几张小照，并截了一根小竹竿，作为登山用的手杖。

从太清宫到上清宫，我们三人都不认识路径，就循着松林内的大道走走。一路青山绿树，曲涧穷岩，境极幽茜。至观海石，有"波海参天"及"始皇帝二十八年游于此山"的石刻。在这里，因为地位较高，半个海面，尽入眼帘，比太清宫壮阔得多了。

天气是那么的清丽，风，暖暖地吹在身上，使人有些觉得懒洋洋的，许多不知名的野花，开遍路旁，开遍山上；成群的小鸟儿，在枝头飞来飞去地叫着，显现出生命的活跃。

春，在江南早已烂熟了的春，也已姗姗地来到北国了！

经过了好多的山峰，方才到了上清宫和明霞洞的交叉口，因为这时已是午后二点，虽然到上清宫已不足一公里，但他们都主张直接到明霞洞，不再去上清宫，我为取得一致的行动，只能跟着大家走，心里却有说不出的惆怅！

转过山坡，在顶上可以很清楚地望见山坳里的上清宫。老树几株，败屋几间外，别无任何令人留恋的景色。据云宫亦为宋建名刹，牡丹银杏最有名，门前石壁上，有邱长春禅诗十首。远望虽无任何可取，但终以不能亲去一游为恨。人真是一种贪得无厌的动物！

下午二时半，到了万山环抱、林菁四合，十分幽深、十分曲折的明霞洞。在这里，整个的海面，无数的风帆岛屿，烟云峰峦，都已一一在望了。

明霞洞建于金大定二年，岩上刻"明霞洞"及近人邵元冲氏"天半朱霞"等字，海拔凡650公尺。院内轩楹清洁，景物明丽，乔松秀竹，环绕左右，名花异葩，临风怒放，地位之佳，风光之胜，似比太清宫更高一筹。

因为一路跑得太热，应在向海一面的楼上坐下，净脸喝茶。心一定，诗便来了：

明霞洞

廓然尘累尽，俗虚不须删。

放眼峰千笏，抬头海一湾。

名逃天地外，身置画图间。

古洞人来少，白云日往还。

幽深清丽，为明霞洞和太清宫同有的优点，但太清宫居于海边，明霞洞位于山腰，因着地位不同，环境和风景，也生出很大的差异来，读前人"有石皆含水，无峰不住山，洞天幽以徂，苔木修而纹"的明霞洞诗，及"修竹万竿青入海，老松一路碧参天，山中鸡犬皆离世，水底蛟龙欲问禅"的太清宫诗，二者的差异，即可见一斑。

休息半小时，出来巡视一周。明霞洞房屋很不少，并且建筑得都不坏，如能在此小住一两日，看看海，听听泉，望望云，吟吟诗，简直是神仙生活了。

三时，离明霞洞，向青山前进，除雨时、野萍，又加入慧莹，成了四个人的小团体。

一路都是弯弯曲曲的山径，翻上翻下，行走极感困难，幸而在太清宫带来的那支小竹枝，帮了我上坡下坡时不少忙。

过市立青山小学，校舍和别的乡村小学一样，辄是崭新的洋楼，因时间的限制，未入内。三时半到青山村。

村子完全建筑在山麓，一部也在山腰，一层高一层，一家再一家，重重叠叠，居高临下，很使我想起《阿房宫赋》上的"蜂房水涡，矗不知其几千万落"的光景来。

这一带，因为尽是山岭，绝少平地，所以居民都以捕鱼为业。

而土地的利用，也可以说到了极点。山坡上下，把泥土填平，种植麦子，泥土且须从别处一篓一篓地挑来，靠低的一面，须用石块砌高，以防下雨时泥土泻去，工程之艰难可见！民生之艰难可见！看了这种情形，不得不使我对于江南地力未尽的地方，感觉极度的惭愧了！

这里北面是大海，南面是高山，地位实处于山和海的夹缝间，风景的幽美，在别处很不易看到。在重重叠叠的石屋中，墙角边，东一株杏花，西几株桃花，白的雪白，红的血红，迎风摇曳。山上，岗上，涧边，路旁，也有无数的野花在张着笑靥，惹人怜爱。

苍松绿树，碧海青天的大绒幕上，再零零星星，错错落落地点缀下不少红的花，白的花，更显得风光娇丽，柔媚有致！我们在石桥边，照了好几张相片。我并有一首五律，记其胜概：

青山村

寻春不辞远，胜日此登攀。

村罨高低树，花连远近山。

柴门常寂寂，青鸟自关关。

独立斜阳里，长歌未忍还。

这时已是下午四时了，红日西斜，暮霭苍然，渐有夜意，闻至华严庵还有十多里路，不敢久留，即沿着海边大道，急急西行。

从前崂山道路未辟，交通不便，所以只有羽流隐士抚足其间，好奇耽古之士也间或一至，普通人是很少来游览的。崂山在即墨县东南濒海处，有大崂小崂之分，峰峦以千数，洞壑以万计，周广可数百里，磅礴郁勃，为海上之名山。其脉远祖长白山，近自灵山山脉蜿蜒而来，经招远、莱阳而抵即墨境，主峰为巨峰，高出海面 1136 公尺，适当全崂之中心，其支脉散而四走，涧壑河流，大者要概由巨峰为分水岭。山势东峻而西坦，故其脉东南短，而西北迤逦极长。开埠以后，德人奖励登山，不遗余力，由青岛至太清宫，则有汽船。登窑、柳树台、大崂观等处，则有汽车道径达山麓。又于山中刻石立志，辟为登山路径，十有六线，依次编号，间数百步，立一标。游山者按图觅路，循环往还，莫不称便。至民国三年，日人占据青岛，登临之路，日渐荒塞，深山中竟为匪类逋逃之薮，因之来游者多闻风裹足。民国十七年东北海军司令沈鸿烈氏驻防崂山湾，兴建古迹，整治道路，于是旅舍别墅之建筑，也日多一日。现在则几乎没有一处不通大道，十之七八，都可通汽车了。前崂部分，汽车已可直达青山，将来如能展筑至太清宫，则全山道路，都可衔接通车了。

自青山西行约四里至黄山，茅屋石壁，小桥流水，环聚成村，情景和青山相仿佛。《崂山志》所谓"沿路皆大石错落，忽峭壁，忽坐矶，苍松杂出其间，折而愈蕃，即山阴道中，未必尽如此之天造也"云云，洵非虚语。

这时已过午后四点半了，暮色渐渐浓起来，路上很多人自山间采樵或者田间除草缓缓地回家。我们在溪涧边休憩了一回，我又做了一首小诗：

黄山村

入山云树合，鸡犬寂无哗。

海啮崖根断，山衔日影斜。

土地齐种麦，茅屋半栽花。

卜筑期他日，村醪或可赊。

后来一个朋友看见了我的"卜筑期他日"的诗句，他就大笑起来，他说青山黄山的女人是自古出名的，我听了心头为之作恶不止。及翻阅《崂山志》的游崂指南，也有"山中民俗，尽皆朴质，惟青山黄山两村，旧以艳冶名。其男子于谷雨后入海业渔，妇女则施朱敷粉，招惹游人，风光之细腻，尤在此时"的记载，不禁为名山叫屈！轻薄少年，凭借他一些臭铜钱，入山蹂躏贫家妇女，非但玷污名山，并且败坏风化。说这种话的人，要是阎罗有灵，也该贬入拔舌地狱，才见公平！

我们于涧流潺潺声中，小坐十分钟，因天光不早，仍急急西行。自黄山至华严庵十多里，都是沿着海走，虽然道路平坦，但因跑了一天，双腿已疲倦万分，反不如在明霞洞一带翻山越岭来得爽利。

到斐然亭，简直跑不动了，只得立定稍歇。本来我的跑路本领在一船青年中是要算上上的，昨天上午，无端地被拉去参加了一次公务员春季足球赛，已有十年不履球场的我，忽地经过这样的剧烈运动，今晨起来，两条腿早已不听我指挥，就在平地也酸痛得寸步难行了。我又因为游前崂的机会不易得，所以两足虽酸痛，仍然挣扎着前来，再奔波一天，愈觉酸上加酸，痛上加痛，无法遏制了。渐渐地，在四个人中，我落后下来，这时，只有我一个人了。

亭于民国二十二年由上海经济调查团出资创建，并刊有石碑，记述青岛市政当局的政绩。此亭依山临海，地位极胜。曲涧横岗，映带左右，疏松秀草，点缀其间，观海听涛，最为适宜。

盘桓片刻，仍匆匆西行。我生平游山，雅不愿乘坐山轿，一方面固以坐了山轿，各处名胜，均于模糊中过去，且往往为轿夫所欺；而汪岳如氏所说"世岂有乘舆看山之理乎？乘舆看山，即是走马看花矣，有何领略处？况游山闲散事也，使两舆人挥汗喘吁，急忙往还，徒增一番恶态耳"的话，也很打动我的心，所以我近年游过的山虽也不少，仅于泰山、华山坐过两回轿，其余都是步行的。但是，这时反恨自己没有雇轿了，在这里，要雇轿也已没雇处，只能拖着疲极的脚步，慢慢前进。

十多里路是那么远，翻过一个山头，又是一个山头，转过一座高岭，又是一座高岭，华严庵好像是永远走不到的！一路尽是"海连松涧碧，叶落草桥红。鸥队闲云外，人家乱石中"的好景，因为身体太累，也无心细细领略。

游山是应该舒舒服服、定定心神的，照今天这样，简直是来参加越野赛路了。但是，团体的一致行动，个人有什么办法呢？

下午五时四十分，勉强挣扎到华严庵的山麓，眼睛望着山腰郁郁葱葱中的华严庵，两条腿再也跑不上去；而小舢板已在海边纷纷渡人上镇海舰，时间也不允许我再游华严庵了。我只得向华严庵行了一个注目礼，恋恋不舍地走下山冈。

华严庵又名华严寺，建于明崇祯时，清初颁有藏经，都七百二十套，每套十分，分藏于山门上的藏经阁。地位的幽静，风景的秀美，在崂山各寺观中，应首屈一指。"这样好的去处，索性留待将来详详细细地游吧"，这是我聊以解嘲、聊以自慰的想法。

到海边，天已下起雨来了。三百多人挤在海滩上，一个舢板，一次只能载送十余人，雨下得很快，人却少得很慢，许多人都在土岗边木排架下避雨。风急浪高，舢板在雨打风吹浪击中，驶向停泊海心的镇海舰，其危险的程度，比在太清宫登陆时更过百倍。一个摩登姑娘，不知是谁家眷属，在沙滩上跨向舢板时，心慌意乱，不知怎样，忽然失足落水，幸在海滨，经人扯起，未遭灭顶之惨，但一身春装，半截已成湿淋淋的了。这时，夜色笼罩，寒风凄厉，气温与早晨出发时决然不同。那些穿得很少很薄的妇女们，一个个咬紧牙齿，抱紧肩膀，鼓足勇气，和冷风冷水交战。那个跌在海里的姑娘，其凄苦可怜，也就可以想见了。

预定晚上九时回到青岛市的计划，因为开船时的延误，当然不会实现了。舰上是没有饭吃的，在等待舢板的期间，我吃了六个鸡蛋充饥。那个船户，给他想起了这个办法，倒于半点多钟内，做了一笔好生意。

六点半钟，我方才由小舢板于惊风骇浪中渡到了镇海舰。这时，雨已下得更大，除了军舰上的电灯外，山海水天，完全变成一片白茫茫的浓雾。一百丈外，什么都看不清了。

七时，军舰开始移动。风激浪涌，天惨地愁。颠簸之苦，实为平生所未经！不到一刻钟，船里只听得一片呕呕声了。

风，如排山倒海似的袭来；雨，如天塌地崩似的打来；浪，如千军万马般地卷来。一个军舰，竟如飘在海面的一张树叶，一忽儿高，一忽儿低，一忽儿左，一忽儿右，只是摇摆不定。舰上三百多人，人人失色，个个恶心。

早上来时，天气晴和，走廊和船头船尾一带，都可坐人。现在一下雨，人都挤到几间屋子里去了，非但没有凳子坐，就是地板上，也是没有插足的余地。我因奔走了一天，两条腿再也支持不下，就于大餐间的一角，坐下休息。好在地板是洁滑得会跌倒人的，即稍有龌龊，这时也顾不得许多了。

起初大家呕吐时，我还能支持，后来大餐间里经过许多人呕吐后，所发出来的一股异样的气味，实在熏得人受不住了，于是大家主张开窗，冷风从窗洞里涌进来，把恶浊空气逼走，那股味道方才好了些。但吐的人是愈来愈多，新的气味，也愈聚愈多，把几个当打杂的海军，忙得不可开交。

我心头也慢慢觉得有些不寻常，两手抱着双膝，一动也不敢动，把嘴紧紧地闭着，勉强忍住。

船是行得很慢很慢。在海上，一下雨，便起大雾，雨和雾是相伴而来的。恐怕触礁，军舰不敢照平常的速率开，只是慢慢地前行。

开了窗空气固然好了些，但坐在窗口的人却提出抗议了。那窗洞的风，真如猛虎般扑进来，冷得人浑身发颤，于是窗子又给关上。

本来，说九时可以到栈桥的，停一会儿，又说十点一定可以回到栈桥，后来又说恐怕要十一点才能到栈桥了。我只听天由命，安静地坐着，心里唯一祈求的，便是不要呕吐。

看着表，时间的过去，一刻钟比一年还长。八点半时，风浪更大，颠簸更厉害。坐在我前后左右的人，大半也在呕吐了。地板上，不知从哪里淌来的腻腻的、滑滑的胃里倒出来的残余养料，把衣服的一角沾染得都是。不得已，急急站起来，把衣服上的肮脏擦干，地板上不堪再坐，凳子椅子，又都已为他人捷足先登，我只得站在那里。两条腿站不动不要说，风浪颠簸中的军舰，哪里能够站得定呢？我身子靠紧人家的椅子，双手拉紧窗槛的铜栏杆，还是一倾一侧地立不稳。不到十分钟，我的胃里也在翻腾起来了。我想，没有座，今天的呕吐是免不了的，但到哪里去找座位呢？这时，深悔在上船前吃了六个鸡蛋，否则这时胃里已经没有东西可以呕吐了。

到九点钟，我胃里的东西几乎要冲出咽喉来了，知决不能再忍耐五分钟，急急把身旁的窗洞扯开。面孔和胸口，正对着猛扑进来的冷风，方把正在翻腾起来的东西压下，人也舒适了许多。

发现了这个方法，于是我始终正对窗洞站着，不敢再移开。海风虽冷，比呕吐还好得多啊！

九时半，风才慢慢地缓下来，浪也慢慢地小起来。不久，雨也停了。

今天，要是搭港务局金星、水星二轮来，三百多人，没有一个人会得不呕吐的，我可断言！镇海舰比金星、水星大几十倍，还颠簸得这样厉害呢，游前崂真是太危险了！

深夜十一时，方到青岛的前海，抛好锚，只不见港务局的小轮船来接，归心似箭的三百多人，一个个鹄候在镇海舰上，无形地拘留了二三个小时。要是我们今天乘的是金星、水星，非但没有人能够受得住，并且今夜也回不来呢！和我们在华严寺同开的金星轮，不知被打到什么地方去了。

舰上发无线电报，没有用，发无线电话，也没有用。左等右等，只是不见小轮船来接。看样子，今天是要在舰上站一夜的了，如此游山，自己想起，也不觉失笑。

一时，不知哪个机关接到了无线电话，通知市政府，转令港务局派轮来接。

在无边黑暗中，远远地望见海面有一条黑影破浪前来，大家

213

不觉同声欢呼，可是究竟是不是港务局的轮船，还是疑信参半。

岸上一星星的电灯光，透过了漫天的薄雾、无边的夜色，发着微弱的亮光，照到舰上。我们的军舰究竟是停泊在哪里，谁也不能断定。有的说是前海，有的说是大港，有的说是小港，纷纭猜度，莫衷一是。大家的意思，为黑夜登岸的安全计，最好在大港码头上陆，因为那里有路灯，有码头，虽是黑夜，绝无关系的；在别处则太危险了！但是也有许多人说，大港码头非经事前接洽妥善，军舰是不准靠岸的。那么，这事的希望便有些说不定了。

在欢声雷动中，港务局的小轮靠到了镇海舰。因为在深夜，大家都急着要回家，把扶梯附近挤得水泄不通。我知道小轮船一次决不能载三百多人，跑了一天，站了半夜，两条腿也决不能和人家去挤，所以大餐间里走掉了许多人后，我急急先拣一个空座位休息一下。这一日，身体实在太疲倦了！

小轮船来回接送了三次，方才把三百多人完全渡完。我是最后一批登陆的。走出大餐间，海面的冷风一阵阵吹来，吹得我身子不住地发抖。两条腿，酸痛得几乎不能开步了。我深悔昨天参加了公务员的春季足球赛，但是，本来是被人家硬拉去的，自己不想去，又有什么效果呢？

小轮船到大港码头，恰恰是早上三点。市政府的汽车已全部出动，在迎候接送了。

整个的青岛市，都像睡熟了般的静寂。街头只有一个两个的警察和三五辆洋车在寒风凄厉中，幽灵似的踱步。电灯光也是淡淡的，似乎失去了原有的光辉。

三时半抵市政府，当我倦极了的身体钻进温暖的被窝时，已快敲四点了。

二十七日早晨七时，睡了刚三小时，正想挣扎起身的我，听分役来报告说奉市长谕，凡昨日游崂山的公务员，今天特准休息一天，便又倒头睡下了。

经过了一星期，身体的劳倦，方才渐渐恢复过来。

这一次，与其说是游崂山，我宁说是做了一次海上旅行。所有惊风骇浪的壮观，悸心荡魄的险象，我们都一一经历了。

许多人说下次再不敢去了，再不愿去了！我虽是跑得那样疲乏，颠得那样难受，下次还是愿意参加的，因为一想起还没有到的华严寺和白云洞，我的勇气又激增了！

青岛素描

王统照

从北平来，从上海来，从中国任何的一个都市中到青岛来，你会觉得有另一种滋味。北平的尘土，旧风俗的围绕，古老中国的社会，使你沉静，使你觉到匆忙中的闲适，小趣味的享受。在上海，是处处模仿着美国式的摩天楼，耀目的红绿光灯，街市中不可耐的噪音；各种人民的竞猎，凌乱，繁杂，忙碌，狡诈，是表现着帝国主义者殖民地的威风派头。然而青岛，却在中国的南方与北方的都会中独自表现着另一副面目。

"青山，碧海，红瓦，绿树。"康有为的批评青岛色彩的八个字，久已悬于一般旅行者的记忆之中。讲青岛的表现色，这几个形容字自然不可移易。初到那边的人一定会亲切地感到。

我早有几次的经验，不是初来此地的生客。然而这一个春季，我特别在这个美丽的地方借住于友人的家中，过了几个月。有许多很好的机会，使我看到以前所未留心的事物。

这地方的道路、花木、房屋的建筑，曾经有不少的人写过游记，似乎不必评谈。然而从另一种观察上看去，这里一切的情形是混合着德国人的沉重，日本人的小巧，中国固有的朴厚。经过重要的街道，你如果是个留心的观察者，可以从街头所有的表现上看得出。

譬如就建筑上来说，这是最能显示一国的民风与其文化的。青岛在荒凉的渔村时代什么也没有。自从世界上震惊于德国兵舰强占胶州湾以后，一年一年地过去，这里完全变样了。为了德人强修胶济铁路，沿铁路线的强悍的山东农民作了暴征的牺牲者，人数并不很少；可是在另一方面，为了金钱，为了新生路的企图，靠近胶州湾几县的农民、工人，用他们的汗血与聪明，在德国人的指挥之下，把青岛完全改观。深入大海中的石壁码头，开山，开道，由一砖，一木，造成美好坚固德国风格的高大楼房。他们有的因此得了奇怪的机会，由一个苦工后来变为有钱有势的人物，有的挣得一份小家私不在乡间过活，也有的一无所得，或者伤了生命。但青岛的建设事业与其说是凭了德国人的头脑，还不如说是胶东穷民的血汗。自然，一般人都颂扬德国人的魄力。然而我看到这几十年前的海滨渔场，现在居然变为四十多万人口的中等都市，这期间的辛苦经营，除掉西方的机器文化以外，我们能忍心把中国一般苦工的力量全个抛却？

欧战之后，乖巧的日本人承袭了德国人强占的军港，于是太阳旗子，木屐的响声，到处都是；于是又一番的辟路，盖屋；又一番的指挥，压迫。无量的日本货物随着他们的足迹踏遍山东的全境。而一般在这个地方辗转求生的中国人，只好把以前学会的德语抛却，重新学得日本言语、文字，再来做一次的奴隶。

这是有什么法子！"人在矮檐下，怎敢不低头！"于是中国人的心目中觉得这回非前时可比了。德国人像一只掠空的鸷鹰，他单捡地面上随时可以取得的肥鸡、跑兔；至于小小虫豸则不足饱他的口腹。他是情愿把小小的恩惠赏给奴隶们的。可是××^①人却不然了。挟与俱来的：街头的小贩，毒品的制造者，浪人，红裙队，什么都来了。一批一批的男女由大阪、神户向这个新殖民地分送。于是以前觉得尚有微利可求的中国居民也渐渐感到恐慌。因为对××人的诅恨，更感到德国人的优容。直到现在，与久居青岛的人民谈起话来，说到这两位临时主人，总说："德国人好得多；××最下三烂！"这是两句到处可以听到的话。

主人是换过了，虽然待遇不比从前好，怎么样呢？因为各种事业的开展仍然最需要苦工。而山东各县的景况恰与这新开辟的都市成了反比例。连年内战，土地跌价，一般农民都想从码头上找生路。于是蓝布短衣，腰掖竹烟管，戴莩笠的乡民也如一般××的找机会的平民一样，一批一批地由铁路，由小帆船运到这可以憧憬着什么的地方中来。

从那时起，军港的青岛一变而为纯粹的商港。聪明的××人知道这里还不是久居之地，也不作军港的企图，把德人的修船坞拖回他们的国内，德人费过经营的沿海要塞的炮台，内部完全破坏，只要有利可图能够继续占有德人在沿铁道的企业，如煤矿、林业、房舍，种种，他们一心一意来做买卖。直待至太平洋会议时，摆了许多架子，在种种苛刻的条件下，算是把这片土地付还中国。

历史，自有不少聪明的历史学家可以告诉后人的，现在我要

---

① 指日本。

单从建筑上谈一谈青岛的混合性。

看一个国家或是一个地方的文化，善于观察者从一方面即可推知其全体。即就建筑上说，很明显的如爱斯基摩人的雪屋，热带地方人住的树皮草叶的小屋，近而日本人好建木板房子，而中国北方就有火炕。由于气候、习惯，建筑遂千差万别。从这上面最易分别出一国家一地方的民性。至于更高尚的，如东方西方古代的建筑，何以意大利有许多辉煌奇异的教堂，而埃及则有金字塔？正如中国有著名的长城一样。所以有此的缘故，并不简单，要与其一国的地理、历史、风尚，人民的性质具有关联。这不是几句话可以说明的。

德国的建筑移植到中国来，当然青岛是一个重要地方。在初时一般人只知道德国人在大清府（这是一个不见于历史的名词，乃是山东胶东一带人民在二十年前叫青岛的一个自造专名词，到底是大青还是大清，却无从知道）。盖洋楼，自然是在几层上面，有尖角，有石柱，有雕刻，有突出嵌入的种种凉台、窗子，统名之曰洋楼而已。实在直到现在，凡是留心的人还能由这些先建的洋楼上，看出德国人的沉鸷刚勇的气概。例如青岛著名的建筑物，现在的市政府与迎宾馆，以及当年德国人的军营，现在的山东大学与市立中学校。那些建筑物，除掉具备坚固、方正、匀称、高大的种种相似之外，你在它们旁边经过，就觉得德国人凡事要立根很深的国民性有点可怕！同时也还有其可爱之点。当初他们对这个港口实在是花过本钱的。究竟不知是多少万马克汇来东方，经营着山路、海堤、森林、铁路，一切事他们早打定了永久的计划，所以都从根本上着想。建筑也是如此。现在凡过青市生活略久一点的人，走到街上，单凭看惯的眼光，便能指出这所房子是德国盖的，那是××的玩意，那是中国式房子，十有八九错不了。自然的分别，就譬如眼见各人的面目不同一样。

有形式与作风，自古代，建筑是与音乐、绘画并列入文艺之内的。因为它表现着时代精神与人民生活性的全体，而愈长久的建筑物却愈代表那一个国家一个地方的最高文化。端庄中具有稳静的姿态，严重形式上包含着条理与整齐，不以小巧见长，同时也不很平板。恰好与日本人的建筑物相反。日本在维新以后，初时处处唯德国是仿，然而连形式也不对。由日本占青市后建造的神社及其他住房上看，很清楚，他们只在玲珑、清秀上打扮。是一个清瘦精细的女孩，而没有"硕人颀颀"的神态。至于完全出自中国人的意匠所盖的房屋，除却照例的二三层商店房式之外，其他的住房多半是整齐、方正，很能在新形式中仍存有固有的风姿。近年也有几处从上海移植来的所谓立体建筑物。

青岛的建筑是这样混杂着。可以由此推知以前的青岛是如何受了外国的影响。

"不错，这名称不是空负的。据我所到的地方，就连德国说在内，像这么美好适于居住的城市也不多。"

正是一个春末的黄昏，我的亲戚C君——他是一个留德的医学博士——在凉台上告诉我，因为我们又谈到这东方花园的问题。

"我爱这边的幽静，而又缺乏什么，可是有人说这边没有中国文化，但怎么讲呢？文化两个字解释起来怕也费劲！自然许多人在热心拥护古老的文化精神，是什么呢？你说……"我呷着一口清茶望着电灯微明下的波光慢慢地说：

"哼！文化！中国的古老文化不是上茶馆，抽水烟，到处有的杂货摊？什么东西只要古香古色的那就是！……至于说真正的中

220

国固有文化的精神，你以为在哪里？难道在北平在济南，在各个大都会里？我们到那些地方也只看到古老文化的渣滓，真正可爱的古文化的精神在哪里？……"

"所以啦，我以为在这里反倒清静些……"他感慨地叹着，又加上一句断语。

"本来我对这一句话也认为有点难讲。这地方没有中国古老的文化，也许容易造成一个崭新的地方。因为以前没的可保守，所以一切事都容易重新做起。虽然是否能造成另一种更好的文化还不可知，然而至少要把那些文化的没用的渣滓去掉，也并不难——我知道这边的人民诚实、朴厚，做起事来又认真，虽然不十分灵活，可是凡到本处来的人却很能了解。又配上这么幽静而又待发展的地方，在国内，青岛的将来是不缺少好希望的。"

C君因为我的乐观，便在小桌上用手指敲一下道：

"你可不要忘记了××人！"

这是每个在青岛住得久稍有点知识的人时时容易想到这一个严重问题。××人，虽然似乎大量地把这个地方奉还原主，然而铁路的价值，保留的房产，沿铁道线的种种权利，依然都在他们的掌握之中，兵舰是朝发夕至，对于这个好地方的未来，谁也怕××人再来伸手！

"你想这边××的余势还有多少？重要商业与航运的便利，几乎全被他们所操纵。现在青岛的和平能维持到哪一年，天知道！——可是这也不必多虑了。想不了那一些！另外我可告诉你，为什么近十年来这海边小都会人口渐渐加多？不是做生意的人说不好么？不景气么？然而各县各乡村中的不安定较这里更厉害，就是吃上饭便好，那些用手脚来谋生的人往外跑，一年比一年多，各处一例。所以在这里也看出人口增多，而事业并不见大发展的缘故。"

他怕我不明白这种情形，所以尽力地解释。但是我正在靠山面海的凉台上向四方看去。稀稀疏疏的电灯光映着那些一堆一撮，高下错落的楼房。海边就在我们坐的楼下。银色的波涛有节奏似的撞着石堆作响。静静的海面只有几只不知哪国的军舰，静静的停泊着。黑暗中海面的胸衣慢慢起落，在安闲平静中却包藏着什么中国、日本、农村、商业的重大问题。这时我另有所思，答复C君道：

"唉！这人间的苦恼，永久的争斗，从古时到现在，没有演奏完了的时候，今夕何夕？你看，这么好听的涛声，这样好的境界之中！……"

"你是'想今夕只可谈风月！'哈哈！……"

"……"

"是的，本来人是在环境中容易被征服的动物。刺激愈重，动力愈大，从前在德日帝国主义者的铁骑下的中国居民，虽然是被保护者，可是他们究竟还感到压迫的不安。现在大家除却作个人的生活竞争之外，在这幽静的新都市中住惯了的人，差不多随了环境也都染上了一种悠闲的性质。就以生活较苦的人力车夫来做比，你看他们与上海、天津、汉口、北平各处他们的同行可一样？"

"不同，不同。青岛市的车夫穿得整齐，他们争客也不像别的地方那么厉害，甚至吵骂，挥拳头。差不多这是谁都看得出来的。"

"原因？……原因就在这里的钱较容易赚，虽然生活程度并不低于别的都会。外国人多一点，贫苦生活的竞争是有的，然而比别的都会也还都差些。"

我听了 C 君的结论，不敢十分相信，然而也无可以驳他的理由。我忽然注目到凉台下面的几棵樱花树，电光下摇动她的花瓣落在青草地上。

"啊！是了。这几天我只从街道旁边看过樱花，没曾专往公园的樱花路上去观观光。……"

"这还是日本风的遗留。自从日本人占了此地之后，栽植上不少的樱花树，每年还有一个樱花节在四月中举行几天，与在日本一样。现在这节日自然取消了，可是每年花开的时候，车马游人依然是十分热闹。春季与盛夏是青岛最佳的时候，——所以无论如何，青岛的居民是谈不到秋冬令的感受与刺激的！"

C 君很俏皮地这么说，我也明白他有点别感，话并不直率。可是我一心要拉着他外出游观，便与他订明于第二天一早出发往公园与青岛市外。

沿着海岸的太平路、莱阳路，随了汽车队穿行，这真给我以重游的满足。一面是碧波明净的大海，一面是山上参差的楼台。汇泉一带的新建筑与团团的一大片草场，那么柔又那么绿。未到公园以前便看见比乡镇赛会热闹得多的游众。公园的玩意儿很多：水果摊、咖啡店、照相处、小饭店，都在花光树影下叫卖着。不是看花，简直是"人市"。

实在这广大的中山公园的美点并不止这几百株的樱花身上，有许多植物从德人管理时代移植过来，名目繁多，大可供学植物者的参考：据说因为德人要试验这半岛上究竟宜种何种植物，便尽量地撒布下各种植物的种子。……再则是最娇美的海棠在这边也成了一条路，路两侧全是丽红粉白的花朵，其实比满树烂漫的樱花好看。

剪平的公园草地，有小花围绕的喷水池，难以一一说出名字的各种松柏类的植物，熏人欲醉的暖风，每个人都很欣乐地在这自然的美景中游逛、说笑。这因此记起了 C 君夜来的谈话，不禁使自己也有点惘然之感！

因为太喧闹了，我们便离开这里往清净的海水浴场去。

还不到海浴的时候，一大片沙滩上只有那些各种颜色的木板屋，空虚地呆立着。没有特制大布伞，没有儿童的叫嚷，没有女人的大腿与红帽。静静地看，由这处，那处，一层层泛荡过来的层波，轻柔地在沙边吞噬着。恰巧这不是上潮的一天，浅水，明沙，分外显得有趣。我们脱了鞋袜用海水洗过脚，在沙滩上来回地走着。看这片深碧色浮映着一种可爱的明光的圆镜，斜对面的青岛山，小小的山峰孤立在那里，披上春天的薄衣。小的浪花疲倦地，迟迟地，似一个春困的少女的呼吸，由不知何处来的那股冲动的力量使她感到不安，可又不能作有力的挣扎。沙是太柔软了，脚踏下去比在波斯织的毛毯上还舒适。是那么微荡地又熨帖地，使脚心的皮肤感到又麻又痒的一种快感。

风从海面斜掠过来，夹着微有咸湿的气味，并不坏，因为一点也不干燥。

空中呢？在这海边的天空是最可爱的，尤其是春秋的时候，晴天的日子那么多，高高的空中，明丽的蔚蓝色，像一片彩色的蓝宝石将这个海边的都市全罩住，云是常有的，然而是轻松的，片段的，流动的彩云在空中时时作翩翩的摆舞，似乎是微笑，又似乎是微醉的神态。绝少有板起青铅色的面孔要向任何人示威的样儿。而且色彩的变化朝晚不同，如有点稍稍闲暇的工夫，在海边看云，能够平添一个人的许多思感与难以捉摸的幻想。映着初出海面的太阳淡褐色的微绛色的云片轻轻点缀于太空中。午间，有云，晴天时便如一团团白絮随意流荡。午后到黄昏，如果你是一个风景画家，便可以随时捉到新鲜、绮丽的印象。从云彩，从落日的渲染，从海对面的山色上，使你的画笔可以有无穷的变化。

这上午我同C君在沙滩上被什么引诱似的坐了许久的时候，时时听到岸上车马来回的响声。

C君为要另给我一种印象，叫了一部马车把我们载到东西镇去。

那像青岛市中心的首、尾。东镇在以前是与市区隔着一条荒凉的马路，两旁还是野田。这些年那条路却成了日本居留民的中心地带。由日本神社的下面往东走，好长的一条辽宁路，两旁的生意至少有一半是挂着日文的招牌。这是公共汽车与各处长途汽车向市外走的要道。东镇原是一个小小的村庄，现在成了工人小贩的居住区。自然，马路、电话、汽车，哪样都有，可是旧式的黑板门，红门对，小店铺的陈设，冷摊的叫卖者，仿佛到了中国较大的乡村一样。这里很少摩登的式样。有不少的短衣破鞋的男子，与乱拢着髻子仍然穿着旧式衣裤的女人。小孩子光着屁股在街上打架。拾蚌螺的贫女提着柳条筐子从海边回来。这便是青岛的贫民窟么？不对，究竟得算高一级的。不过当我们的马车经过几条冷落的小街道时，看见矮矮的瓦檐下，门口便是土灶，有的还有些豆梗、高粱秸，似是预备做燃料用的。窄窄的红对联不免有"一元复始，万象更新"的吉利话。三个两个穿红裤子蓝布褂的女人，明明是乡间的农妇，可是满脸厚涂着铅粉、胭脂，向街上时用搜索的眼光找人。经过 C 君的转告，我才知道这是最低等的卖淫者，大约是几角钱的代价吧。这边有的是普通工人，干粗活的，拉大车的，有一种需要的消费，便有供给的商品。

"你没有看见那些门上有一盏玻璃罩的煤油灯？那便是标识，经过上捐的手续，她们便可在晚上点灯，正式营业——其实这些事谁还管是夜里，白天！"

C 君即速催着马车走过，我疑心他这位医学家是怕有什么病菌在空中传布吧。

由东镇再转出去，便是著名工厂地带的四方。触目所见全是整齐的红砖房子。银月、大康等日本人的纱厂都在这里。男女工人在上工放工时，沿四方到东镇的马路上，全是他们的足迹。山东全省人民日常穿的粗衣布料，这里便是整批的供给处。不错，几万的工人在这到处不景气氛围中，似乎容易发生失业的问题。在青岛却差得多，生意与一切便宜的关系，横竖各个乡村谁不需要一件洋布衣服穿，价廉而又广泛的推销贩卖，这个地方的各个大机器很少有停止运动的时候。

四方这地方就因为若干大工厂关系，变为工人居住的区域，又加上胶济铁路的机厂也在这里，所以我们在这一带所见到的便是短衣密扣的壮年男子，梳辫剪发的花布衣裳的姑娘，煤灰，马路上的尘土，并且可以听到各种机器的响声。

西镇紧接着青市的中心市区，除了经过火车道上面的一条大桥之外，并无什么界线。虽然也似乎杂乱，却较东镇整齐得多。小商店与一般职员的住房很多。

日落时马车在青市的最西偏处，那是著名的马虎窝。海岸上的木板屋与草棚，中间有不少的家庭在这荒凉的地方度日。

"这才是青岛的贫民窟。你瞧，与南海岸的高大楼房相比，以为如何？……"C君问我。

"哪个都市不是这样！到处都是一律。但我总想不到在这美丽的都市也还有这么苦的地方。"

"傻人！愈是都市愈得需要苦力。没有他们怎么能造成各种享受的事物。一手，一足的力量是一切最需要的。而上级的人士他们宝贵他们的头脑，更宝贵他们的手足，机械还不能支配一切，于是苦力便需要了。所以你以为东镇的小屋是最低等，瞧这儿！……"

我在车中不停地注视。矮矮的木屋，有的盖上几十片薄瓦，有的简直是用草坯。鸡棚便在屋旁，疲卧的小狗瞪不起警视的眼睛，与西洋女人身后的狼犬不可比量！全是女人、孩子，她们的男子这时正在赚馒头吃的地方工作，还没有回来。

澎湃的涛声在这片荒凉的海岸下响着单调的音乐，向东望，几处高高矗立的烟突，如同一些高大的警察在空中俯瞰着一切。

"平民的房屋现在正在建筑着，然而怎么能够用。这不是一个问题？"C君说。

我没有回答他，马车穿过这里，一些黄瘦污脏垂着鼻涕的孩子前前后后地呆看。

渐走渐近，不到半点钟而市中心的红绿光的商标已经放射出刺激视觉的光彩，而流行的爵士音乐，与"我爱你"的小调机片声音，也可以听得到了。

夜间，我独自在南海岸的杂花道上逛了一会，想着往海滨公园，太远了，便斜坐在栈桥北头小公园的铁桥上面向前看。新建成的栈桥，深入海中的亭子，像一座灯塔。水声在桥下面响得格外有力。有几个游人都很安闲地走着，听不到什么言语，弯曲的海岸远远地点缀着灯光，与桥北面的高大楼台的相映，是一种夜色的对称。

一天重游的所见，很杂乱地在我的脑中映现。我想：不错，这么静美而又清洁，一切并不比大都市缺乏什么的好地方，无怪许多人到此来的很难离开。可是从另一方面说，还不是一样，也有中国都市的缺陷。或者少点？虽然静美，却使人感到并不十分强健。理想的境界本来难找，可是除却沉醉于静美的环境中，想一想中国都市的病象，竟差不多！譬如这里，已比别处好得多，然而有什么更好的方法可以使这个静美的地方更充实与健康呢？

我又想了，这问题是普遍于各大都市之中的……

江南人来青岛

秦瘦鸥

从小桥流水的江南，来到背山面海的青岛，真有进入另一世界之感。

我从来不是株守家园的人，过去担任的工作也促使我经常离开本土，远游四方。到的地区多了，越来越觉得我们的祖国真是幅员辽阔，景色无边，足当锦绣河山之称而无愧。

由于种种原因，我竟一直没到过青岛，对这一黄海明珠、鲁东福地，长期像思慕一位素所敬仰的伟人那样，萦系脑际，不断思念。今年七月初，终于夙愿得偿，浮海而来，到达了青岛，匆匆登岸，略一浏览，就觉得这地方果然名不虚传，大有可观。它给我的第一个印象是无论海滨和山间，大街或小巷，都比较整洁，尤其是树木繁茂，望过去郁郁葱葱，苍翠欲滴，不像上海的树木那样，整年都给罩在一片烟尘里，很少生意。

青岛是座山城，但比起我到过的山城重庆、贵阳等处，要平得多。夜晚，当我行经一些两旁墙垣高耸，杳无人影的小巷时，周围是那么幽深，那么静谧，连自己的足音似乎也比平时轻得多；一下子，仿佛回到了四五十年前苏州城区吴殿直巷、丁香巷那样的地方。

自己的心情比较急躁，每去外地，除了必须逗留的时间以外，往往耽不下来，匆匆就走了。然而这一回到青岛，竟被迷住了，做客达四十多天，连那"冰糕五分，冰糕五分"的叫卖声，听着也觉分外亲切。

可能真是空气特别清新，有益于人体的健康吧，我发现青岛的老人，在全市人口中占的比例相当大。虽然未经正式统计，只是一种浮面认识，但不可能会差得太远。最使我感动并且敬佩的是，有许多退休老工人经常在闹市口、戏院前或公共汽车站上轮流值班，维持秩序，态度是那么认真严肃，大公无私，对大家，特别是对青年人，起了较好的身教作用。

青岛的老人们正像苍松翠柏那样，岁月经历得愈多，反显得愈益挺拔。在那些坡度高低不一的街道上，常有一些白发如霜的老同志，扛起一辆自行车冲坡直上，越过几十级的台阶，气不喘，色不变，使在旁瞧看的我也不由得振奋起来。

在鲁迅公园海滨，清晨五六时之间，总可以见到一位须发皆白的老人，巍然站立在一条石凳上操练武术。什么大鹏展翅呵，金鸡独立呵，全是些难度很高的架势；而在他的周围，则是一堆堆被浪涛磨砺得异常锋锐的巉岩，如果功夫不到家，失足掉下来，可以顷刻丧命，至少将落个残废。因此有些旁观者不免窃窃私议，认为这老人家在玩命。我初见时觉得也太不安全，但仔细观察了几天，发现老人确有过硬的功夫，绝非炫奇好胜，或者只是脾气太倔。谁都知道，没有充分的自信心，就

不可能有坚定的毅力。未曾通过名姓的老大爷，我羡慕您，祝
福您！

久客思归，是整理行装的时候了……

翡翠城

刘白羽

我到青岛，很长一段时间，只活动在海滨疗养区里，尽管我住在海边，经常在海湾上走来走去，但吸引了我的是那浓成一团的绿森森的树林。我住舍的每一面窗都是一幅绿色的画，无论日或夜，黎明或黄昏，那些画都发生着奇妙的变幻。

下面是我的一页日记：

天还漆黑，我行立窗前，等待黎明。不久，东方现出一片红蒙蒙曙光，像从黑夜中撕裂出一条隙缝。一切都那样庄严，那样宁静。这红色的光，渐渐成为一片朝霞，从空中把一道道红光撒向人寰，尔后霍然间，一个黎明出现了。东方的红光变成金色，一轮太阳涌上空中，一下把周围碧绿的树林照得明晃晃的，地上的小草绿茵茵的，充满了生机，天空湛蓝，一片片白云透明闪亮。

住房窗口外，是一片草坪，那里有两株法国梧桐，一株小些的距离稍远，一株高大攀天的离得很近，它把碧绿浓荫遮满我的房屋。在阳光照耀下，肥大的梧桐树叶像透明的绿琉璃一般好看，从我住进这屋以来，我就把我的心情寄托在这株大梧桐上，一看到那绿影，我的心就宁静下来了。

谁料这梧桐却演出了一个小小的悲剧。

八月中旬，一场台风刮到黄海落起大雨，我注视着窗外那两株梧桐，它们在狂风暴雨中那样剧烈地摇晃，我真担心。不过，原来预报在青岛登陆的台风，从渤海上吹过去了，倒也舒了口气。不想几天以后，夜间陡然又来了一场暴雨。早起急忙推窗看时，我最钟爱的那株大梧桐经不起两次残酷打击，连根拔出倒在地下——这一刹间，我的心头上掠过一阵痛楚，但我还暗地希望，也许人们会把它扶起来，再让它枝叶扶疏、迎风招展吧！果然来了一小群人指点着、议论着。午睡为咚咚斧声惊醒，人们竟把这株大梧桐砍掉了……从此我的窗外空落落的了，而且炎热的阳光早就落在书桌上，连一点清幽之感也夺走了。我感到悲哀，就是离我住屋较远那一株梧桐，也显得孤单单的无限怅惘……

这个悲剧凝聚在心头上，后来才为另一番喜悦所代替了。

有一天，海天晴朗，清气袭人，做过治疗之后，一个同志带领我们进入一大片密林之中，沿着曲曲弯弯的小径，就像进入一个绿的世界，雪松、龙松，一片苍翠。在一个拐弯处，我突然看见一棵树，从树干到树叶都是紫红紫红的。呵！我在巴黎发现了它，我在意大利看到过它，我询问多少人，都不知道是什么树。谁想偶然之间，在这树林里出现了，它在浓郁的碧绿衬托之下，红得那样妖娆。带路的同志问过花圃的人说叫红枫。这次小树林的跋涉，使我的眼光从我屋面前的花木放远了，为青岛海边上覆盖着这大片密林而惊喜了。为林中纵横交错着许多条路，每条路都通向大海，而每条路都种植着不同的树木。一条路全是公孙树，细枝嫩叶，那样轻巧婀娜；一条路全是梧桐，它的浓荫特别湛绿，绿得幽深；一条路全是紫薇，在那全然绿的国度里，突露出一片姹红嫣紫、郁郁浓浓、火一般灼眼；一条路全是雪松，雪松的树干亭亭玉立，而它的枝叶向四面伸展而来，枝梢嫩叶如同撒了一层雪，由于树枝纤细，只要有一点微风，她就会微微颤动，像一个披着白纱在婆娑起舞的少女……青岛这大片的绿，绿得那样浓酽，而青岛所有屋顶都是红色的，极目望处，宛如碧波中荡漾着千万朵红玫瑰花，这红玫瑰反转来又衬托出绿色更加鲜明悦目了。

我到海港去了一趟，从那儿回来，是一个阴雨朦胧的黄昏。不知司机同志是有意还是无意，却使我进一步认识青岛，看到青岛的另一境界。我们的车子开上了伏龙山、观象山、信号山间的一条街道，路右旁是石砌的岩壁，有着曲折上升的深巷伸向山巅，路左边是向下倾斜的陡坡，窄窄的小巷带着一磴磴石阶弯曲而下，引向深谷。车停住跳下来，望着那一道道小巷拖曳着各式各样的楼影、树影、花影、人影，在烟雨的迷离朦胧中，这山城是何等的美啊！我原认为青岛就那样一片平坦的碧绿丛丛，其实青岛中间横贯着一条山脉，而且是巉岩嵯峨的花岗石山脉，峰峰相通，岭岭相连，这山城才是青岛的中心。山下是那片大海滩，从海滩随着山坡一层层上去，一直到连绵起伏的山顶都住满人家。我一任雨雾淋湿了，只凝望着想：这多像重庆！这多像鼓浪屿！……我看着石头砌的深巷，石头砌的台阶，我无法去探索这幽径深处，也许有人正在凭窗望着海，拂着海风，听着海涛吧？

现在我得回过头来谈一谈海了。

我爱海，每到海边，就像婴儿投入母亲的怀抱，感到温馨、柔和、宁静。我到青岛的那天，立刻奔向海边，但我只看见一片灰黄色海湾，死气沉沉。

没想到就在第二天下午，当我走在遮满梧桐阴影的路上。忽然听到轰隆轰隆声响。像是雷鸣又不是雷鸣，而是整个天空在发出震撼人心的声响。顺着这条路向海上走去，我才分辨出这是海的怒吼。我看见整个大海，在颠簸、在激荡、在回旋、在咆哮，深蓝色波涛冲向海岸，在礁石上掀起浪花，雪白、灼眼，在一片突出的海岬那儿，巨浪腾空而起竟像银色的喷泉，银色的雾，高高冲上天空，砰然跌落，尔后又冲上天空。这是我到青岛来，大海第一次向我显示出它的雄伟神姿。

海的变幻真是奥妙无穷。有时海水那样宁静，像碧绿的湖水，海水透明得像绿水晶，一眼可以看到海底的白色小贝壳，有时涌浪很大，像有一种神奇的魔力抖动着绿色的大地毯，一卷一卷向人身上扑来，一下把人推上高峰，一下把人抛向深谷，但不论怎样，海毕竟是美的，一阵清风吹进室内，给人带来幽思、遐想，将粘热暑气涤荡一净，我像从火的炼狱中一下跳了出来，在这海边上，我有了一颗纯净透明的心。——我静静听海涛的絮语，听着树叶的喧哗，而一下又一切凝然寂静，只听见远方悠然飘来两声航船的汽笛，我不知船在哪儿，是那清风透给我一个信息，爽人的清秋要来了。

海上的月出极美，月亮刚刚升起时，像是一牙红玛瑙，然后才露出整个一轮红月，等它升到海空高处，才发出白的光，而那光给大海一映，又有点绿幽幽的了。

一天晌午，我仰卧在沙滩上，天是那样高、那样蓝、那样无穷的深远。有一层轻纱似的云向西方飞驶，而更高的天穹上另有发亮的羊毛卷一样浓密的白云，却往相反的方向飞。在天的缥缈处，云飞得那样轻快，使你觉得整个天空在浮游、在悠荡，不过两层云飞到海的上空就凝然不动了，所以海面上没投下一点阴影，海绿得发亮，我向遥远的海平线望去，那儿闪跳着雪白的浪花，海在笑，露出洁白皓齿。荷马形容海："鲜明灿烂，像酒的颜色，或者像紫罗兰色。"海是多么美呀！

海并不都那样平静、柔和，有时突然凶猛怒吼，万丈狂澜。有一夜，我发觉海涛声有点异样，早起一看，海在发怒了，海涛一直飞扑到人行路上来，蒙蒙水雾，就仿佛落了一阵大雨，把你淋得精湿。如果说平静的海是美的，这旋转的、沸腾的海，不就更使人心胸豁然开朗，充满奔放的豪情，庄严的美感吗？这奔腾的大海呀，简直就像整个宇宙都在回环激荡。一个法国人在评论贝多芬时有这样几句话：

"……他要摆脱肉体的联系，摆脱痛苦，摆脱个人，以便上升到思考中去，到宇宙中去，进入到无挂无碍的自由境界。"

这咆哮的海，发怒的海正把我引向真挚忘我的自由境界。

海和青岛是融为一体的，真正向我揭开青岛之美的，是最后一幕。那是一个暮天，落了一天的雨，到傍晚却晴了。我到了小青岛，站在那山上一看，雨后初晴，整个青岛显得亮闪闪的。没多久黄昏湮没一切，小青岛灯塔亮了。我们登上一只海船，船平稳地、缓缓地向胶州湾驶去。这时海上已经一片夜色苍茫，我从船上回头，只见小青岛灯塔的红光像红宝石在一闪一闪地闪光，在漆黑夜幕上显得特别好看。我再从夜航船上看青岛，灯火次第放明，先是栈桥那一长串灯光摇曳着长长倒影，而后又看到整个山城，一层一层，齐放光明，我白昼欣赏过的山城美景，此时向我展现了万家灯火的绮丽景象。我觉得那每一座灯火下好像都有人望着黑茫茫大海中这只船，他们可曾知道这船上有一个人也正把无限情思，维系在他窗口那一点灯光上。我站在船上，迎着海风，夜色愈来愈深，黑成一片，分不清天和海。我好像不是坐在船上，而是翱翔在天上，迎着飒飒天风，望着灯火瑰丽的人间，胸中说不出的一股深沉而又豪迈的情意。船行很久，进入胶州湾了，突然又下起雨来。开始只是星星雨点，落在脸上，颇觉舒爽。不久，风大起来，雨大起来。船在骤风急雨中返航了，船在颠簸、在摇荡。但我衷心感激，不正是这骤然而来的风雨，给这次夜航增添了意外浓郁的诗意吗？我从船楼下到前甲板上，海天漆黑，昂扬的船头劈开海浪，雪白的浪花飞得很高，一直飞上甲板，扑在我的脸上、身上、脚上。乘风破浪，奋勇前进，这不是我们生活中最崇高至上的境界吗？我再抬起头望青岛，大海山城，灯火交辉，整个青岛像一顶珍珠宝石灿烂发亮的王冠，特别是青岛这一端到那一端的绿色的街灯，一盏盏灯汇成一条绿的线，印在微微荡漾的海波之上，就如同连在一起的一串翡翠流苏发出绿的闪光。青岛在雨雾之中，就像一幅绿色的水彩画，湿漉漉，雾蒙蒙，至此，整个青岛向我展现了她无穷的美的魅力。我凝然注视着这夜的青岛，这时，我到青岛以来看到的碧绿的树，碧绿的山，碧绿的海和这碧绿的夜，融作一片，这凝然一团浓郁的、水灵灵的绿色将永远渗透我的心灵，在我心灵中悠扬飘荡。

青岛之夜

端木蕻良

我到青岛那天是很容易记的，刚好是卢沟桥事变那天，从南方各大都市到那儿避暑的刚刚都快来全了，顶迟的几班也都在那几天懒懒地登陆了。这又忙着向南，回到汉口、牯岭、莫干山、上海。因为青岛的确是没有租界的。

这些"上等人"原是很有知识的。他们知道"七七"事变正是"九一八"的重演，而且说不定还有"特别新打法"在后面。所以匆匆忙忙又撤退了原防。把租界的住宅加筑了凉棚，添置了电扇，准备长期抵抗。花了几千块钱订的两季或一年的别墅合同，只好让看门人去履行了。

我到青岛的那天，也是青岛人士向外逃难的第一天。（还有人从青岛逃到济南。从济南逃往青岛的，那当然是没有知识之流了。）我有一个朋友，从秦皇岛来信，对我大发雷霆，说我不该不顾他的好意，不到北戴河去住，因为那里比较安全。何况他们赁了一座宅子，只有姐弟两人住，加上我，不算多。好意原不可辜负，便决定此地住完，到北戴河去，到榆关看看姜女庙，折回天津、北平，再返上海。主意打定，心也安了，便决定去看海。

青岛的海是明澈的，深碧醉人。有一次划船划到小青岛，看见礁石上的水草，一根青似一根，如海女之发。

青岛的海水也是非常雄壮的，有台风的那几天，我天天跑到礁石上看海。从那之后，我才明白我们离能控制海的时代还很远，我们的仪器和杠杆还不够。海在发怒的时候，船便不能走了，连锚都不能抛。

海是多么深奥啊，凡是陆地上有的东西，它都具备，只是没有陆地的平静和安详。海的性情是不定的，常常翻脸。大地便不同，大地的工作，是有定准的。但我爱海。

时局的紧张，可以从海滩上洗澡人的减少推断出来。深褐色的皮肤不见。只白沙一片，和盐水打岸声。收到沈先生催我回去的信，心情颇为忧郁，心想等肥城的桃熟了再走不迟。

日本兵天天有登陆的消息传来。限二十四小时答复。后海沿开来军舰七艘，在崂山抛锚了。龙口打起来了。晚间我坐在礁石上，看着远方。

在北平的情况很恶劣的那天晚上，就是说我们的土地又失去了的那天晚上，我在礁石上看着脚下一节一节扑上来的潮水。有一个十岁左右的小女孩，赤着脚在那儿玩水，她在暗里，从这块礁石上蹦到那块礁石上，只一个人，我担心着她一颗小小的生命。……

我耳边又听见一片念珠响，隔了一会儿，又是一阵，我定睛向黑暗里看去，一个老妇人在向远方膜拜，人很修长，沉静而安详的，穿着木屐，是个日本人。伸在海里的巉岩上，又有人在点香，香味非常强烈，大概是大阪市孔官赏增田制的"极品仙年香"。香火如远方的星光在黑黝黝的山崖上透出，浪花闪白处，如推涌它向上游浮。我想在海的远方，也许就是卢沟桥吧，他们的爱子在火线上消失了，老妇人在祈祷那渺小的灵魂在地下得到安息。串珠在每隔半分钟搓一次，她也跪拜一次。她的脸上非常平静，如同一切苦涩的沉重都已被解脱了。海水在玩着不断的游戏，如同对着我们之间的沉默，加以怜悯的嘲弄。

第二天晚上，我们收复丰台廊坊的捷报传来了，"号外"到处传递着。有的将《青岛时报》的号外，贴在日人办的《大青岛日报》的对面。中山路上的人都出来，互相投以会心的笑，这也正是上海大放爆竹的时候。街上的人拥挤着，无线电广播着捷报。我和一个朋友通过中山路向栈桥走去。突然电灯完全灭了，许多人跑着。三秒钟工夫，电灯又复原，街上又照常了。我们向南走着，忽然人像潮水般退下来，我仔细一昕，没有枪声，也没有什么响动，只是人向北跑。我的朋友在制止他们不要慌。我凭着半瓶醋的军事常识，知道子弹的速率比人跑得快，所以没有动。广播止了，铺子都忙着关门，熄电灯，一霎时街都空了。向前走，问问前边的人为什么跑，有的人说是前海放大炮了，有的人说一个老婆子忽然歇斯底里地喊："日本兵来了！"又有人说是一部洋车胶皮胎炸了。又有人说德县路堆沙包了。不出五分钟，言人人殊。阅看次天报纸，也是这样报道的。

大餐间头二等房舱都为买办们包空了，统舱也光了。从济南搭火车的，等了三天三宿还不能走，心急的搭陇海路转往南方，飞机不飞南京了，只飞上海。九十块钱不算贵，不过阔人怕出危险，所以着实发烦呢。倒是也有摩登太太们包飞机走的。

前五天预定船票都发生困难。中国船不在青岛拢岸，听说坐日本船到上海，中国海关特别留难，连皮丝烟包都打开来检验，没有小工给搬东西。"德生"挂香港了，慢船又走三天三夜，"顺天""盛京"票早卖空了。青岛又是死路。菜场连菜也买不到，据说鸡歇伏了，不下蛋了。来青岛刚好一月，来时，卢沟桥事变；走后第二天，日本警察登陆了。而抵沪四天，上海便开火了。

青岛之夜，以后将以血腥扰混蓝碧，以人类的呐喊来代替"水流"的呜咽吧！我再来时，我希望这里是一片焦土，只在岩石上有一朵白色的小花，受着空气和阳光的抚养。

青岛解放我重来

臧克家

青岛，一提到这个美丽的名字，我心里便充满了亲切而又极其复杂的感情。

青岛，像一个漂亮的姑娘，遭受了德、日帝国主义的蹂躏与侮辱，她不幸的遭遇，曾使全国爱国同胞怒火中烧，为之奋斗呼号，成为五四运动导火线的一条。当我还在童年，就曾为她的不幸满怀悲愤，看到过小学的同学痛哭流涕，为不平等条约——"二十一条"，咬破指头写血书。也曾听说，在日本控制之下，"四方工厂"的工人受苦受难、罢工抗议的消息。崂山胜景，早已闻名，在它脚下的"青山、黄山"妇女的命运，却令人感慨又深表同情。青岛呵，你是多么美丽，多么悲惨！

1929年夏季，我考入国立青岛大学（后改为山东大学）补习班，第一次投身到这座久已闻名的宝岛上。她是秀丽的，但又是荒凉的。她是国民党达官贵人的天堂，帝国主义者耀武扬威的场所。每到夏天，挂着星条和太阳旗子的军舰，铁链子一般锁住了

242

大海的咽喉。这些外国水兵以征服者的姿态来此享乐，喝得醉醺醺的，用"文明的皮鞭"抽打我国劳动人民——洋车夫。我读书的这所大学，就是当年的德国兵营，全是石头砌成，想要永世不倒，万古长存？！

我到青岛大学读书，正当武汉大革命失败之后。对蒋介石"先安内而后攘外"的反动政策招致了失地辱国的恶果，心胸为之郁愤；因为脱离了革命，脱离了群众，我感到孤孤单单，救国无力，天天苦吟，夜夜失眠。高高的石头楼上不能安枕，跑到一个亲戚家去，客厅不住，却与她的一个刚从乡下来、泥土满身的小工友挤在一张床上，当时我往《申报·自由谈》投稿，就题名为《无窗室随笔》。那时，整个中国就是一个大无窗室，使人窒息、苦闷而又悲愤。夜间大海上的"海哞子"呜呜如牛鸣，如哀痛，如长嘘，如呼号。听了心如碎，肝胆裂！

从 1929 年到 1934 年，我在岛上的大学里读中文系，跟闻一多先生学诗。我把郁积在心胸里的悲愤不平之感，发而为诗，呕心沥血，"心与身为敌"。我前期的诗创作，多半产生于青岛。我清楚青岛灾难的历史，青岛最了解我当年的苦楚心情。

青岛呵，如同久别的故人，终于在全国解放后，我们又喜相逢了。

1956 年夏，全国总工会邀请作家漫游全国，分为南北两个团，最后相会于青岛。目的是写点作品，反映工业方面的成就。我和张天翼、艾芜、李季诸同志，因为年老体弱，结伴直接去青岛。我们被安置在风景区一座漂亮的花园洋房里，是解放前美国大使司徒雷登的公馆，招待优渥，有点令人不安。

这次旧地重游，真说得上是"感慨万端"，新的天空，新的日月，新的大海，新的波涛。景色入目，一片清新喜悦，涛声入耳，令人心旷神怡，青岛变了！完全变了，变得如此俊丽，如此媚人。我也变了，心胸如万里晴空。当隆隆的火车，欢腾地载着我们快进入青岛的时候，我便闻到青岛的海洋气味，心里激动得好似涨潮。当火车呜呜进入青岛车站，我恨不得把青岛一把拉到怀里紧紧地拥抱她！青岛呵，故人重逢，我们有多少话要说，多少积愫要倾诉呵！

青岛，这个祖国的宝岛，终于回到了人民的手中，而一别20余年的我，重新回到了你的怀抱。

在这清凉的海滨，在青山远映、绿树成荫的柏油马路上，在形式不同、色调多样的高楼上，行走着、居住着来自全国各地的工人、农民、解放军、学者和诗人。他们来做暂时的休养，来享受大自然和社会主义祖国给予的这份权利。他们的衣着不同，他们语言各异，但是呵，从悠闲的步调上，从欢快的脸色上，可以窥见他们有着共同的心情。这时，邵荃麟夫妇住在疗养院里，林默涵、郭小川同志也住得离我们不远。我们彼此互访，月下清谈，长街漫步，语语有情，步步舒心。青岛的夏天多好呵，大海的浪涛也为我们的友情而欢唱。

我们住的地方十分幽静，坐在小楼上，就可以看到大海，深夜醒来，就可以听到大海的呼吸。晌午，躺在床上，想闭闭眼，朦胧中听到大海的呼唤，它的魅力像一条拉你的彩缰，于是，拿起浴衣，呼几个同伴，几分钟后，身子便游动在大海之中了。沙滩上有大人，有孩子，有男的，有女的。彼此是陌生的，但交换着亲切的目光，比赛着各自捡到的晶亮的贝壳，不论大人孩子，全是赤身赤心，全成为大自然的儿童。

到了青岛，哪能不去崂山？"泰山虽云高，不如东海崂"。我们几十个人结队而往，大型汽车走到狭窄的山道上，一边是山崖，一边是山谷，身子和心同样在剧烈跳动。车到北九水为止。这里山幽河清，引人入胜。这里成了人的分界线，年轻脚力健的，一个追一个前进了，我们这些气力不济的，只好把身子浸在清流中望高峰而兴叹，身子不能到的地方，而心却越想它。我想象着，李太白在何处遇到"食枣大如瓜"的安期生？《劳山道士》的故事也顿然来到心头，上清宫里那两株耐冬、牡丹早已无踪了，但美丽的花神降雪、香玉的倩影仍然在我眼前映现。……晌午，在青山绿水的怀抱中，在山灵的感召下，枕石而卧，但我并没有做一个好梦。归途上，歌声阵阵，好似凯旋。而我呢？却有着身入宝山、空手而回的惆怅。

我在山东大学读了近五年的书，母校对我是亲切的。故人陪我旧地重游，脚步轻移，一一印证。石头楼——我们当年的宿舍，背后一条小道，向前走，樱花树树，山野曲幽。左手一座新小楼，是闻一多先生的故居，我不止一次拿着刚脱稿的诗篇来这里向他请教。现在楼门上题写了"一多楼"三个大字，但人去楼空，没有一点纪念品。触景生情，不胜感叹。参观了当年的大礼堂，曾在这里听过闻先生朗诵他的《罪过》，听过章太炎先生讲《行己有耻》，对国民党不战而放弃东三省大为愤慨！

来到"山大"，许多往事尽涌心头。1935年和老舍、王统照、洪深、吴伯箫、赵少侯、孟超等一道办《避暑录话》的老友们，而今逝者多而存者少矣。

夏季的青岛，一刻千金，转眼秋风起，吹落了树叶，吹走了游人。我们带着愉快的心情，带着海滨热沙子给烫上的一身"青岛颜色"，带着增加了的体重，向青岛珍重地道一声："再见！"

这是解放后四次重游青岛的首次。这次我个人的所得是《海滨杂诗》一组。

樱花之忆

何　洛

　　昨夜偶然翻开了《伏契克文集》，发现在书页里的几瓣樱花，不由想起了曾经在青岛中山公园里观赏樱花的情景。每年四月下旬，仿佛是为了盛装迎接即将来临的"五一"国际劳动节似的，在那条樱花夹道的公园路上，开满了如火似荼的樱花。现在樱花的季节虽然早已过去，可是那一片令人低回不尽的旖旎风光却历历如在目前。

　　青岛有名的樱花街就坐落在中山公园的大门入口处。这是一条从南到北修长平坦的黄沙路，路旁两边密密层层全是樱花树。树身不高，有些低垂的丫枝能碰到你的眉梢。我第一次走过这条公园路，树上的樱花星星点点的还只是吐着娇嫩的蓓蕾。夜里落了一场细雨，隔了两三天再去，没有想到刚刚跨进公园的大门，一眼望去，里面完全变成了樱花的世界。

　　那简直是一种梦幻般迷人的境地：一大片一大片艳丽夺目的樱花，像桃色的云，像迷茫的雾，像透明的泡沫。比飞絮更轻柔，

247

比雪花还要耀眼。它好像是在人们不经意中突然灿烂起来，容光焕发，妩媚动人，给每个游人以无尽的喜悦。繁花似锦，就压在你的头上，你仿佛感到整个身体轻灵地浮泛在樱花的海洋里。温柔的樱花似乎要把你轻轻地从地面上托起来。

正是在这样美好的时光，接连几天的黄昏，我走到这条花之路上，流连不忍离去。黄昏时分，我坐到樱花树下一把新漆的嫩绿色的靠背椅上，膝上放着一本猩红书面的《伏契克文集》，翻开了却没有看下去。

渐渐，薄暮笼罩着花树。一抹胭脂色的夕阳染红了树上千万朵樱花。林木深处，不知架设在哪一棵树顶上的扩音机，开始播送一支伟大的社会主义祖国跃进之歌。园子里人声渐稀，四月的海风吹来了公园外面海水拍岸的模糊的声音。树林里的音乐还是连绵不断，这时，换了支贝多芬的钢琴协奏曲，铿锵的音符飘浮在空中，如同游丝一般在魅人的樱花树丛中缭绕不散。不知为什么，忽然联想到二十多年前看过的一部影片中的一个镜头；联想到黄金的童年和闪光的青春；联想到伏契克在勇敢地就义以前，被德国法西斯的特务头子带到监狱外，刽子手故意让他看看在淡蓝色的轻烟笼罩的布拉格黄昏一瞬间……

微风吹起了几瓣樱花，寂然无声地飘落在伏契克的作品上。这本书还是不久前在胶济铁路火车上一位十分爱好文学的炮兵少校送给我的。我们本来并不相识，在旅途上一次偶然的邂逅使我们成了朋友。上海解放前夕，他从常熟调到宝山，炮火连天的激战了七昼夜之后，他的部队终于进入了上海市区。这次他因公到青岛来，整整一个上午，我们在车厢里谈文学和艺术，临别的时候，他一定要送我一本书作为纪念，就把他随身携带的《伏契克文集》放进我的行囊里。

星期日，到中山公园里观赏樱花的游客比平时多了数倍。劳动节转瞬即临，整个公园沉浸在节日的热闹气氛里。首先，带着老式的三脚架子照相机的摄影师们大为活跃，短短的一条樱花道上，几乎每隔十几步就有这样一位街头艺术家伫候着为游客们摄影留念。在繁密的花影下，成群结队的幼儿园孩子们稚气可掬地唱着天真的歌，而那些闪耀着青春光彩的青年男女们，更愿意寻觅一处僻静的所在。

花树尽头，公园饭店的露天茶座也布置起来了。铺着红方台布的桌子上，陈列着崂山泉水酿造的青岛啤酒。在动物园附近的树丛间，红旗招展，依次而上的一路看过去，出现了一系列展览会：有节约粮食的图片展览会，有美术展览会。忽然听得歌舞之声悠然而起，循声前往，在树林里就地而筑的一个小小的舞台上，人们正在围观熟悉的朝鲜舞。走近一看，原来是为了宣传节约自来水演出的文娱节目。

"啊！太好，太好了！我们又在这儿见面了！"

在火车上结识的炮兵少校突然从人丛中出现在我面前，紧紧握住了我的手，像两个久别重逢的老朋友一样。我们并排坐在樱花树下，又谈了很久很久关于文学这个诱人的题目。接着他出神地沉默了一会。他说明天他就要离开这儿到旁的地方去了。这次意外的会见给我们带来意外的喜悦。暮色中海风生凉，但是炮兵少校爽朗热情的谈吐，他那种永远挺得笔直的军人风姿，还有写在他身上的战斗经历，却使我遍体感到温暖。我似乎也有一些话要说，一时却又说不出来，我只是再一次谢谢他送给我的那本伏契克的书。

离开青岛前的一个清晨，我到中山公园去寻觅几天来的游踪，走进公园大门，迎面的樱花树似乎灿烂如故，不料一阵海风吹过，蓦地落了一阵花之雨，落英缤纷，漫天飞舞，有如一阵一阵香雪飘落在游人肩头。樱花的季节并不长，从绚烂归于平淡，先后不过十天半月而已，当樱花接近尾声的日子，正是公园门外形形色色的临时摊贩和商店接踵出现迎接节日的时候。

如今那几瓣褪了色的樱花还夹在《伏契克文集》里，每一次看见这本书里的樱花，总要想起青岛中山公园樱花树下欢乐的人们和幸福的生活，想起那位在火车里结识的炮兵少校，想起他在解放上海时的战斗经历以及他对文学的无限爱好。所有这些看起来似乎各不相关，其实细想起来却又是相互关联，而且是不可分割的。

绿色的回忆

徐中玉

楔子

这里说的是关于绿的青岛的事。

——槐叶子上的绿，万年山边的绿。心里的绿呵！

住在青岛已经两年了，虽然是在寄给远方人的鱼雁里，我也还不会为它记下个把清嫩的影子，我没有自信能把它记得跟实在的一般好。我知道自己还有一段年华要消磨在这里，我打算待到明天将要离开青岛，此后也许永远不能再来的那样的一个黄昏，再提起笔来在白纸上写道：

"青岛真是可爱的。"

或者，自然，我也许能写得更多一点。我希望有这么一个黄昏，我期待着这一天的到来，我这份私情是十分热烈诚实的。

然而，尽管绿色依旧灿烂，尽管芳草明年仍绿，青岛，在我心中终于是已经变成褪色的了。我不能向你们念出自家心胸，我害怕，我不敢。我也无非只是青岛的千千万万暂驻的旅客中的无名的一个而已，一切却来得这样迅速。回想到初初爬上岸头时对于它所抱着的热望——那时我是怎样的惊喜呵！如今，才知道是被希望所愚弄，被期待所欺诳了。我想到往时的稚弱，我又想到往时的稚弱之毕竟不容易再得，喜悦与悔恨，我觉得矛盾，禁不住也说：

"春天是这样短促！"

可是我终得还要在这个小小的岛上忍耐地住下去。一个赶路的旅客，虽然他的心腔里充溢了哀愁，但若不是他打算在半途上也可以躺下，那么他那儿时的回忆，他那乡村之怀思，以及他那"乳母坟上的，树枝所织成的浓荫"。

这些过去的记忆和图画也许正足以挽救他的灵魂不至于终极地幻灭。路子是这样晦暗，这样泥泞，又这样辽远，我们还是忍耐一点的好。

所以，写下这篇文字的用意完全是我的自私。我将乞求一些将踏上另外一条旅程的朋友们宽恕，因为我应该为你们无限的前途说几句祝贺的话儿，现在却拙劣地说下了这些。不过如果能够允许我如此希望，那么我希望你们能够鉴赏我这份私情，给它共鸣，我们借此互相安慰。前路遥遥，年青的人们当不吝惜热诚的握手吧！

请置念我们的青岛，犹如我们不忘记自己的衣服和手套。

春风杨柳花开

青岛的春天是来得很晚的。江南草长时，青岛空中还刮着十月的风。当各地画报上满载着花开花落的消息，南国的友人来问起青岛的春光，我们的回答照例是："还早呢！"等得不耐烦的便说道："青岛简直没有春天！"

然而正当我们脱掉棉衣的时候，阴历三月的上旬，别地在乱嚷春归，青岛的春天却悄悄来临了。黄色的迎春连翘，红色的蔷薇杜鹃，一枝枝装饰着住户人家；原野，山边，一片鹅黄嫩绿。孩子们，三三两两，在草地上打滚；猫儿，双双对对，在花丛深处，喧闹翻飞。

青岛的春天是美的，但是短促的。当春色爬遍海滨时，却已是初夏的世界了。

情调异国樱桃

樱花开放在人们新装制就的时候，樱花的开放证实了初夏的季节已经到来。在樱花节里，我们不会忘记那如潮水一般汹涌的游客男女，那白色的布帐，苹果，香蕉，巧克力，花生米，猫的脑袋，蛇的身子，口红和蔻丹。

自然，我们也不会忘记这么一个强烈的对比。在一个小小的贫乏的杂耍场子里，三四位艺员玩了几十套花色外加磕头和唱喏，却仍不免要饿肚子，他们虽说这一回只要三十个大子。三十个大子，一只苹果，半杯咖啡，三四条大汉的食量！而他们的嘴里还如此说："有带的，赏几个；没有就拉倒。"

深山古寺瘦竹

我忘不掉一年度一崂山。

崂山是天下的胜景，山深，寺古，竹瘦。瀑布和清磬的声音交织成了崂山的伟名。

山道上那些点缀着胜景的孩子，那些女性的只围上一块破烂的布裙，男性的多半赤裸的孩子，他们有的是在手掌里托上一些石子，说那是"茶晶"；有的是在手掌里握着一把野花，说那是"杜鹃"，那是"丁香"；游客们走过的时候，他们便一拥上来兜卖，而游客们却总如此回答：

"走！走开！"或者"滚！滚开！"

游客们说那些是不值钱的贱家伙。

我却更忘不掉那些不值钱的贱家伙。

梅雨街头轻雾

梅雨淅淅的街头，有轻雾朦胧。

"自在飞花轻似梦，无边丝雨细如愁。"

悄然独行在街灯寂寞的梅雨的街头，这在我可以说是无上的愉悦。我不是不喜欢明朗，我喜欢朦胧的美更有甚于明朗的美。在清寂微凉的黄昏雨下，我可以暂时把日间的人事扰攘一脚踢开，而从自己的轻轻的步伐声音里，从头理出我的遐想，拉回一些记忆。在这样的时候便是我心境最自由最平静的时候，也便是我真正在经营着人生的时候。这个刹那间是光荣可贵的。

夏月海上归舟

夏晚有月的海滨，往往是充满着看月的人的。

夏月挂在天上，搁在山上，浮在海上。看月人的心腔，也一刻儿在天上，一刻儿在山上，一刻儿在海上。

偶尔从暗波的远处，起来了一星灯火，或者是一条薄皮舟的黑影，在平静的波涛上悠悠渡过：这时看月人的注意一定会立时被它吸去，想着——

这只船里今天一定捕得了不少鱼虾；在灯火的旁边，有个小小的孩儿，他弄着还在跳动的鱼虾，向他的祖父自在地说道：哇哇，一个，哇哇，一个两个……不过，也许，祖父抚摸着他的头颅，一面，泪流——

但是渔舟傍岸的时候，看月倦了的人们也许都已归去。

黄沙浴罢鸡鸭

正是南方下秧的时候，海水浴场的热闹先到了。

天气顶热的日子，在蔚蓝的海浪里浮沉着多少能够善于利用自己的人们！？他们是这样机巧，灵敏，他们能够克服一些小的浪花，潮水大的时候，他们便在岸上，用骄矜的笑脸看着愚蠢的海水。

大片的海滩上充满了或卧或坐或嘻或笑的人群；他们的来路虽然不一样，可是他们都是称着"高贵的仕女"，他们挤在一起，中间没有一个亲人。红橙黄绿的颜色，视着各人的燕瘦环肥，倒真像混合的鸡鸭一群。

人人羡慕鸡鸭的滋养丰富的生涯，但且慢，我们知道鸡鸭的运命是什么？等着瞧吧。

露里黄昏槐影

我喜欢青岛的黄昏。

没有什么奇异的解释，我喜欢黄昏，因为我爱梦，我爱追求这里梦一般的境界。青岛的秋色原是十分沁凉的，在沁凉的境地中再减去日中人事纠缠的威胁，秋夜是我最感舒松的时候。伴着神秘的黄昏，有薄薄的露水，婆婆的槐影，把我的思索带往深的林里；有时一阵风起，又被吹到海上。

在黄昏的寂寂的街灯照耀里散步，会引起一点忧伤是常有的事。念及那些从古老的时代一直到目前的千千万万的过了世的人们，便会记起韦庄的这首《菩萨蛮》来："劝君今夜须沉醉，尊前莫话明朝事；珍重主人心，酒深情亦深。须愁春漏短，莫诉金杯满；遇酒且呵呵，人生能几何？"或者是茶花女一面吐血一面纵酒时所说的那句："You know I have no long to live，therefore I will live fast！"

这种情境是美的。所以我不会太痛苦自己。

红叶野火秋山

秋来了，寂寞的院子里，我们有时能拾到从墙外飞来的一两片红叶。"请你珍重这片红叶，这是有个人从美丽的青岛拣送给你的。"这样，便有人把它细细密密封在一只绯色的纸袋里，寄给朋友，寄给他那远方的人儿。

红叶是值得恋念的。

傍晚鸦归的时候，一个人踱到山中，低头，在石罅缝里寻拾一片片的火花也似的红叶；夕阳，挂在树梢头，偶尔有阵微带凉意的风吹来，枫枝摇曳着，人，憨坐在树下，红叶乱打着自己的乱发。回来，把一叠叠的红叶小小心心深藏在一本爱读的书里，犹如珍贵一些可爱的记忆，一件件从脑海里钩起，过后，还是轻轻，静静，藏下了。

山窗午夜清磬

冬季，原野冰冻的午夜，梦回时，有一声声的清磬，悠扬地，又像哀怨，透进山窗。这是一只寺院里的磬，它站在一个山峰高处，孤单地，顽固地，所发出来的中古味的声音。

在睡梦的人们是想不到当听到这种凄凉悲壮的声音时所感到的滋味和所引起的喟叹的。击磬的人，是个怎样的人呢？我羡慕他生活的清绝，又为他的遭际悲哀。

清磬的声音，到底多见其软弱而哀怨的。

春天将快来到了吧？也许？未必？不错？上海人的话头，大舞台对过，天晓得！

尾语

这短短的几段写成在几个完全不同的心境中，意义之不能调和当是必然的。我自己竟也如此不可靠！时间不允我把它修改，由它发表，自将受朋友们斥责，但在我，倒能借此纪念自己此时的心境，这，不消说，又是我的自私了。

我爱青岛

田仲济

很惭愧，我不晓得青岛的名字怎样来的，可是我也随着叫青岛；我更不知道是谁开始用琴岛这称呼，听到这个名字时，我还年轻，可我喜欢这个声音，我也就随着叫了。

我真正认识青岛——自然仅是我个人自己比较地说，我真正喜爱青岛，感觉到她的美，还是我几乎跑遍了国内几个著名的海滨城市以后。我看了厦门和称为南海明珠的鼓浪屿，我看了旅顺和大连，我也看了连云港和芝罘，在比较中，我认识了青岛的美了。

青岛的确是令人喜爱的。你喜欢幽静么？那你可到湛山、太平角一带，你可以在空气清新、花木夹道的马路上散步，也可以在苍松翠柏、嶙峋怪石林立的海滨坐上几个钟头，你可以沉思，你可以静读，是很少有人来打扰你的。你喜欢热闹的话，那就可以到中山路和栈桥一带走走，真是熙熙攘攘，摩肩接踵，若在晚上，人就更多了。因为不仅外地游览和避暑的人，当地的人也喜欢于晚饭后到海边到栈桥乘凉。

我喜爱青岛，自然主要原因是青岛的海，那碧蓝碧蓝的海，一天变化无穷的海，谁不喜爱呢？说真的，论海的颜色，黄海没有渤海蓝，比起来，青岛的海是有些逊色的，但总的比较起来，是没有谁去介意这点逊色的，那海岸、那沙滩、那翠松……是永远观赏不厌的。

我之喜爱青岛，还有不少我个独有"姻缘"：第一，青岛的海是我一生中最早见到的海，其印象之深是无与伦比的。最令人欣喜的是在栈桥上，或较空阔的海岸上一站，真是海阔天空，是那么令人心旷神怡。记得第一次到青岛时我还不到二十岁，虽不峥嵘，可究竟是青年时，到达的当天就随着几位青年伙伴到海水浴场去了。那时，我是不会游泳的，当然现在也不能说我会游泳了。几位游水能手远远地游去了，同伴中只余下我一个人了。我在水仅没腰的海水中跳浪，渐渐地，水齐胸际了，高于胸际了，一个巨浪滚来，我未曾跳得起来，而是被浪打下去了，我极力挣扎，睁眼一看，水已在腰下了。只感到喉间难受，大概是咽了几口海水，也感到浑身酸软无力，我离开了海水，躺在沙滩的细沙中。躺了许久，几位游伴才返回。我告诉了他们，他们说，这是上潮的时候，是潮水将我推上来了。若是退潮的话，也许会被卷下去。他们的话也许有道理，但未引起我的注意，反激我学会游泳的决心。几天以后，我初步掌握了游水的技术，可惜一周后我就搭船离开青岛到上海去了。从此，我转学到了上海，而每次返回故乡，照例是搭船经过青岛，青岛成了我经常到的地方。

是 1929 年，我贸然写信给《青岛时报》的编辑部，提出在他们报上附出一个文艺周刊，当然，在这以前我曾投过几次稿件。

他们竟很快回信同意了。于是一个名为《野光》的文艺周刊，每周一次在《青岛时报》上出现了。刊头是自己画的，"野光"两个字也是自己写的。幼稚当然幼稚，但那时什么都不怕。

除《野光》外，我还在《青岛民报》上办过《处女地》文艺周刊，那大概是 1930 年冬或 1931 年春的事情。那时我已从上海到济南工作了。那是同并不太热心的副刊编辑协商成功的，刊头是找一位会图案画的青年朋友设计的，一柄斧头，三个简单的图案字，几条曲线，简单大方，比我设计的《野光》好多了。但这个周刊出了两期便发生了问题，在第二期上登了一首诗，我记得题目是《你若站在山顶上》，内容是写在高处向下看就可看到贫富不同、苦乐各异的人间生活。这种思想实际上在唐诗中早就有了，"五四"以后新诗中更有不少类似的东西，但国民党新闻检察机关认为是宣传共产思想，封闭了报纸，判了副刊编辑几个月的徒刑。事情过去几天了，我才从《申报》的各地新闻栏目中看到，我还为此躲避了几天。《处女地》自然就这样结束了。那位副刊编辑以后既未再见到，也没再听到他的消息。然而我直到今天还很感激他，是他把责任承担下来，所以没有波及我。

这些"姻缘"已够深的了，可还不止此。还有许许多多亲戚朋友住在这里，友情是可贵的，有这么多友情，我怎么不爱她！我惭愧的是，几次到这个地方，都是来去匆匆，所有故旧都未能一一会晤，这次也同样如此。等下次罢，下次再来青岛，争取多住几天，好和一些故旧话旧。话旧也是一种生活的享受。